隠居宗五郎

鎌倉河岸捕物控〈十四の巻〉

佐伯泰英

時代小説文庫

角川春樹事務所

目次

鎌倉河岸周辺
鎌倉河岸
豊島屋
弁天湯
青物市場
龍閑橋
舘市右衛門屋敷
常盤橋
むじな長屋
彦四郎の長屋
船宿綱定
金座
金座裏
樽屋藤左衛門屋敷
龍閑川
林道場
0
200m
西
南
北
東

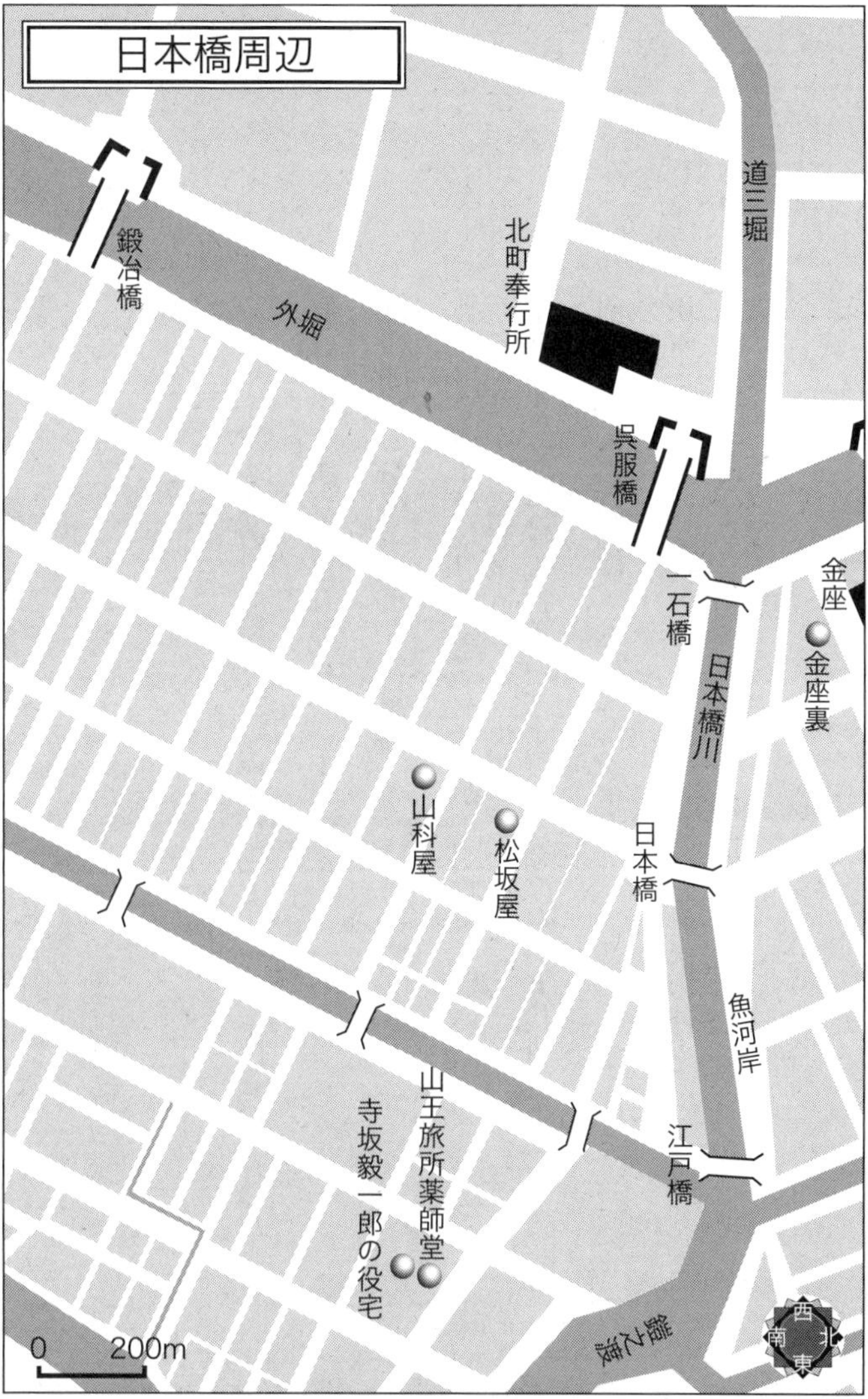
日本橋周辺
鍛冶橋
外堀
北町奉行所
道三堀
呉服橋
一石橋
金座
金座裏
日本橋川
山科屋
松坂屋
日本橋
魚河岸
江戸橋
山王旅所薬師堂
寺坂毅一郎の役宅
鎧之渡
西
南
北
東
0
200m

●主な登場人物

政次……日本橋の呉服屋『松坂屋』のもと手代。金座裏の十代目となる。
亮吉……金座裏の宗五郎親分の手先。
彦四郎……船宿『綱定』の船頭。
しほ……酒問屋『豊島屋』の奉公から、政次に嫁いだ娘。
宗五郎……江戸で最古参の十手持ち、金座裏の九代目。
清蔵……大手酒問屋『豊島屋』の主人。
松六……呉服屋『松坂屋』の隠居。政次としほの仲人。

隠居宗五郎

鎌倉河岸捕物控〈十四の巻〉

第一話　挨拶回り

一

宗五郎《そうごろう》が菊小僧《きくこぞう》を膝《ひざ》に抱いて、時折思い出したように吹かす煙管《キセル》から立ち昇る紫煙を菊小僧が前脚で捉《とら》まえようとしていた。すると菊小僧の上体がしなやかに立ち上がり、前脚が、

ひゅっ

と伸びるのだ。

「菊、煙草《タバコ》が好きか」

宗五郎が膝の上の猫に話しかけた。

金座裏《きんざうら》の親分も九代を重ね、十代目の政次《せいじ》のお披露目も終わり、しほが嫁に来てくれた。宗五郎もいつしか、

「四十而《しじゅうにして》不惑《まどわず》」

を超えていた。

江戸期、人生五十年が常識、四十一歳の宗五郎は晩年期を迎えようとしていた。松《まつ》坂屋《ざかや》の隠居の松六《しょうろく》や豊《と》島屋《しまや》の清蔵《せいぞう》ら古《こ》町《まち》町人の計らいで十代目として若夫婦が誕生したばかりだ。

すべて満ち足りて、世は事もなしと宗五郎は頭で考えながらも、なにか胸にぽっかりと虚《うろ》ができたようで、そこを隙間《すきま》風でも吹き渡るような気持ちだった。

「親分、最前から菊小僧相手に話しかけてなさるが、なんぞ気がかりでもございますかえ」

縁側で政次の髷《まげ》を結い直す下《した》っ引《ぴ》きの髪結《かみゆい》新三《しんざ》が道具箱から元結《もとゆい》を取り出しながら声をかけた。

「なあに気がかりなんぞあるものか。花の季節も移ろいいくかと思うたら、菊小僧に話しかけていたってわけだ。年かねえ」

「親分も四十をいつしか超えなさったか」

「いつの間にやらな」

「長年一人で担いできなさった金流しの看板を継ぐ政次さんができて、安心しちまったかねえ」

「まあ、そんなとこか」

享和《きょうわ》元年（一八〇一）弥生《やよい》三月も六日の昼前のことだ。

数日前の祝言《しゅうげん》の騒ぎがようやく落ち着き、金座裏はいつもの日常を取り戻しつつあった。

手先《てさき》らは町廻《まちまわ》りに出て、金座裏の居間に宗五郎と政次と新三と男ばかり、それに宗五郎の膝に飼い猫の菊小僧がいた。

おみつは台所にいるらしく女衆と話している声が聞こえてきた。

しほは若夫婦の住まいに当てられた庭の東側の座敷で外出の支度をしていた。

「とはいえ、政次若親分の後見は親分の役目だ。いきなり金流しの大看板をさあ、負いねえと放《ほう》り出されても若親分も戸惑いなさらあ。まあ、あと十年は頑張ってもらわねえとねえ」

「髪結、十年だと。おれを隠居させねえ気か」

「金流しの親分は十手《じって》を手に往生するのが代々受け継がれる習いじゃなかったかえ」

「金座裏に出入りが長いと奇妙なことだけを覚えてやがる」

宗五郎が苦笑いして膝から菊小僧を下ろした。

「若親分、騒ぎが頻繁に起こるのも困るがさ、親分を隠居様に追い込むような平穏無事も困りものだね。おめえさんも一人で頑張らねえで、親分の出番を残しておくがいいや」

新三に髷の直しを委《ゆだ》ねながら、政次は黙念とどこからともなく風に乗って庭に舞い落ちる桜の花びらを見ていた。

「新三兄さん、まだまだ九代目なしには金座裏の舞台の幕は上がりませんよ。私は今までどおりに親分の手足になって亮吉《りょうきち》らと江戸の町を走り回ります」

「うむ、それがいい」

と答えた新三が、

「菊小僧でこれだもの、若親分としほさんに赤ちゃんが生まれたら、親分は孫の守りでめろめろ、金流しの十手どころじゃなくなるかもしれないぜ」

「政次、しほにそんな気配があるのか」

新三の言葉を受けた宗五郎の真剣な問いに政次が宗五郎を見返り、

「さて、そんな話は聞いておりません」

「なんだ、ないのか。髪結、気を持たせるねえ」

「政次若親分、九代目を働かせるには当分赤子を産んじゃならないぜ。爺様《じいさま》と婆様《ばあさま》の最高の玩具《おもちゃ》が初孫《ういまご》だものな」

「新三、婆様たあだれだい」

おみつが居間に入ってきた。

「おや、台所にいると思うたが聞いてなさったか。いやさ、親分が急に老けこんだんじゃねえかと思ってさ。あれこれ、刺激を与えているところだね」

「それで政次としほに子を産まさない算段を考えたか」

「どうだ。この新三の考えは」

「親分が老けこむのも困るがさ、こうなったらなんとなく一日も早く孫の顔が見たい気もするよ」

「あぶないあぶない、姐《あね》さんもこれだ。政次さん、子は考えものだ」

と新三が言うところに淡い若草色の絞り縮緬《ちりめん》を着込んだしほが廊下伝いに姿を見せた。

新三が時間をかけて丁寧に結いあげた先笄髷《さっこう》に薄紅色の手絡《てがら》と前挿しの鼈甲《べっこう》飾りがしほの白い肌の顔にぴたりと似合って新妻らしく初々しかった。

政次の羽織がしほの手にあった。

「若親分の髷だが、ちょいと新三風にいじっておいた。こんなとこでどうです」

と鏡を差し出した。政次が鏡に映る変わり本多髷を見て、

「新三兄さん、手をとらせましたね」

と礼を述べた。

「その言葉遣い、松坂屋時代とちっとも変わりませんね。わっしら、下っ引きだ。髪結、新三の呼び捨てでかまわないいんだがね」

「親分とは貫禄が違いますよ」

と笑った政次が縁側から立ち上がり、しほの前でどうだという風に一回りしてみせた。

「文句なしだわ」

しほが政次の背に羽織を着せ掛けた。

「しほ、松坂屋さんの手土産《てみやげ》の京菓子の包みは玄関先に用意してあるよ」

「おっ母さん、なにからなにまで有難うございます」

嫁に頷《うなず》き返したおみつが、

「おまえさん、ほんとうに一緒に行かなくていいんだね」

「宮参りの付き添いじゃねえぜ、若夫婦が仲人《なこうど》のところに挨拶《あいさつ》だ。親が付いていく馬鹿がどこにある」

宗五郎がおみつの言葉を一蹴《いっしゅう》した。

「第一、政次は松坂屋で奉公してきた身だ。かたちばかりの仲人じゃなし、松六のご隠居がすべて飲み込んでなさるよ」

「そうかねえ。その後、二人は奉行所だの川越藩お屋敷だの訪ねるんだよ」

とおみつは宗五郎が従わないのがどこか不満のようだった。

「おっ養母《か》さんのご心配は分からないじゃありませんが、なんとか二人だけで務めて参ります」

政次がおみつの心配に応《こた》えていた。

「そうかい、政次がそういうならば二人で行っておいで」

ようやくおみつが得心して、政次としほが宗五郎の前に改めて並んで座り、

「ちょいと出掛けさせてもらいます」

ときれいに結った頭をそろって下げた。

政次は神棚にちらりと目をやった。

「挨拶回りに銀のなえしを差し込むのも野暮だ。おれの短十手を用意しておいた」

宗五郎が紫の袋に入れた棒身は銀流し、鉤《かぎ》と柄《つか》は金流しで唐草模様《からくさもよう》の彫刻が施《ほどこ》されて全長九寸（約二十七センチ）重さ百匁《もんめ》（約三・七五キロ）の遣い込まれた十手を差し出した。

金座裏名物の金流しの十手や銀のなえしが二尺（約六十センチ）に近い捕り物実戦用の十手とするならば、この短十手、御用聞きの鑑札みたいなものだ。

政次は懐《ふところ》に忍ばせた。

「お借り致します」

政次としほの若夫婦は、髪結新三とおみつに見送られて金座裏を出ると本両替町から本草屋町に曲がり、北鞘町河岸《きたさやちょうがし》と品川裏河岸の間に抜けた。

蔵地の間から日本橋川の水面《みなも》がきらきらと光って見えた。

魚河岸から大八車に竹籠《たけかご》を積んだねじり鉢巻きの兄い連中が勢いよく二人の前を通り抜けると、竹籠の中に青魚の魚体が輝くのが見えた。

今日も日本橋界隈《かいわい》は大勢の人や乗物が忙《せわ》しげに往来して、水上を大小の船が行き来していた。

花のお江戸でも一番賑《にぎ》やかな場所がこの界隈だ。

「親分、どうかなさったの。新三兄さんがあれこれと言っていたようだけど」

「聞いていたか」

「庭伝いに途切れ途切れに話が聞こえてきたわ」

「親分がさ、菊小僧に話しかけていなさるんで、新三兄さんは親分が気が抜けたんじやないかとあれこれ言ってなさったんだ」

「どうして親分の気が抜けなさるの」

「九代目で金座裏は廃絶と、一旦《いったん》は覚悟をなさった親分とおっ養母さんだ。それがこの数年、あれよあれよという間に私が養子に入り、しほが嫁にきた。新しい家族が増えてなんとなくほっとなされたのかねえ」

「政次さんにもその様子が見えたの」

「好々爺《こうこうや》や隠居然とするのはまだ親分には早過ぎるよ」

「おっ養母さんは張り切ってなさるように見えるけど」

「女と男は違うものかねえ」

政次が言ったとき、二人は日本橋の北詰に差し掛かっていた。

中央が反《そ》り返った橋の上を鳶《とび》が羽も動かさずに飛んでいた。魚河岸に上げられる漁師船のおこぼれを狙《ねら》っているのか。

一羽がすうっと橋に接近すると大店《おおだな》のおかみさんと娘、それに女中といった様子の三人連れに接近し、娘が腕に抱えていた小さな包みをくわえて空に舞い上がっていった。

あっ！

と驚きの声を娘が上げて身を竦《すく》ませた。

日本橋を往来する人の荷を奪いとっていく鳶の悪さは金座裏でも評判になっていた。中に食べ物が入っていることを鳶も承知しているのだ。

「しほも気を付けなさい」

しほに声をかけながら政次の目は呆然《ぼうぜん》とする三人連れの女たちから少し離れた欄干近くの動きを見逃さなかった。

在所から出てきた様子の隠居と若い奉公人が鳶の悪さを見ていた。その隠居を三人の男女が、
すうっ
と囲み、女の一人が白い二の腕を露《あら》わにして空を指し示して、

「あれ、あんな高い火の見櫓《みやぐら》に悪さをした鳶が止まったよ」

と艶《つや》っぽい声を張り上げた。

隠居の視線が女の横顔を見て、火の見櫓の鳶に移された。

その瞬間、女の仲間の二人が隠居を囲むと、

「姐《ねえ》さん、にくい鳶だね、あんなとこで包みを開いているよ」

と言いながら一人が隠居の腰の煙草入れに触った。革に金銀の金具が留められた凝

った造りだ。
隠居の気が、
ふうっ
と腰の煙草入れにいき、手で確かめた。
そのとき、政次の目はもう一人の小男の手が隠居の懐に差し込まれて懐中物を抜き取ったのを見ていた。
男女三人が隠居の周りからすうっと離れようとし、小男が寄り添ってきた女の手に掏《す》り取った革財布を渡そうとした。
政次は懐の短十手を抜き、銀流しの棒身の先で二人の重なり合った手を押さえた。
「動くんじゃありませんよ」
男女の手と手が止まった。その手を短十手が、
ぴたり
と抑えていた。
「なにをしやがんだ」
煙草入れを触って隠居の神経をそちらに集めたもう一人の男がいきなり懐から匕首《あいくち》を抜くと政次に突きかかってきた。

短十手が重なり合った手の上から離れて抜き身を煌《きら》めかせた男の鬢《びん》を殴り付けてその場に倒した。

革財布を握った男がその場から逃げ出そうとした。

「動いちゃならねえと言ったはずですよ」

政次の静かな啖呵《たんか》が相手の動きを止めた。

女が政次を睨《にら》んだ。

「千公《せんこう》、どじを踏んだよ。相手が悪いや」

「姐さん、こやつ、だれだえ」

「金座裏の若親分に見つかったんだよ、諦《あきら》めな」

と女がさばさばと言うと革財布を受け取ろうとした白い手を引き、素直に政次の前に、

「若親分、謝った」

と差し出した。革財布をまだ握り締めていた男が、
ぽとん
と革財布を足元に落とすと政次の気を引いておいて体当たりを喰らわそうとした。

政次の短十手が再び翻《ひるがえ》り、二人目の男の額を殴り付けるとその場に昏倒《こんとう》させた。そ

うしておいて、

「姐さん、駆け引きはそれまでです」

　とくるりと短十手を白い喉元《のどもと》に突き付けた。

「ご、隠居さんの財布が盗まれただ！」

　と老人に従っていた奉公人が大声を張り上げたときには、すべて騒ぎは収まってい
た。

「ツキがないったらありゃしないよ。事もあろうに金座裏の若親分の政次さんのお縄
になるなんてさ、櫓下《やぐらした》のおかるも運のつきだね」

「私を承知ですか」

「松坂屋の手代《てだい》だったときからね」

「それは御贔屓《ごひいき》に有難うございました。おかるさん、神妙は褒《ほ》めておきますよ」

「政次さん、その馬鹿丁寧な口ぶり、なんとかならないのかい」

　紅を差した唇を歪《ゆが》めたおかるが最後に憎まれ口を利いた。

「気に障りますかえ」

「ああ、御用聞きには鉄火《てっか》な口調のほうが似合うよ」

「どいたどいた、金座裏の亮吉様のおでましだ！」

の声が橋の北詰から響いて、日本橋の上で動きを止めていた人込みが、

さあっ

と左右に分かれた。

しほは宗匠頭巾《そうしようずきん》に長羽織を着た老人の挙動に注視していた。騒ぎを橋の上の全員が見詰めているのだ、老人もその一人だったが平静な眼差《まなざ》しと櫓下のおかるが両手を差し出したときの尖《とが》った視線が気になった。

だが、ふわり、という感じで老人は人込みに姿を消した。

「あれっ、しほちゃんと若親分だ。なにしてんだ、こんなとこでよ」

町廻りをして騒ぎを聞き付けたか、独楽鼠《こまねずみ》の亮吉の後から常丸《つねまる》と波太郎《なみたろう》が走り込んできた。そして、最後に金座裏の番頭格の八百亀《やおかめ》が悠然と姿を見せた。

「亮吉さん、見てわからないの。若親分が三人組の掏摸《すり》を捕まえたところよ。足元に転がっている二人が掏摸の櫓下のおかる姐さんの仲間、欄干のところで呆然となさっているご隠居が懐中物を掏られたご当人」

としほが解説し、

「亮吉、私の足元の革財布がこの三人組が掏り取った証拠の品だよ」

と政次が言い、おかるが自ら、

「岡《おか》っ引《ぴ》きの兄さん、私が金座裏の若親分の前で間抜けにも仕事をしでかした女掏摸ですよ」

と潔く応じたものだ。事情を知った往来の中から、

「よう、日本一、金座裏の十代目！」

の声が上がり、歓声が起こった。

「若親分、あとはわっしらが始末をつけます。挨拶回りへいきなせえ」

と八百亀が政次に笑いかけた。

「任せよう」

「しほ、行こうか」

政次は短十手を懐に納め、
と何事もなかったようにしほと肩を並べて日本橋の南詰へと歩き出した。

「畜生、悔しいが松坂屋の手代だった若僧にやられたよ。さあ、どうにでもしやがれ」

と八百亀らの前で櫓下のおかるが毒づく声が政次としほの背に聞こえた。

「若親分、しほさんと所帯を持って初手柄のようですな」

と二人の前に小柄な同心が立ち止まり、にこにこと笑いかけた。北町奉行所の手付《てつき》同心で、

「居眠り猫」

の異名を持つ猫村重平《ねこむらじゅうべい》だ。猫村の頭の中には北町が捕らえた悪者どもの履歴から犯行の手口、刑罰まですべてが詰め込まれていた。

政次もこれまで何度か生き字引きの猫村の知恵を借りて事件を解決していた。

「ご覧になってましたか」

「高札場《こうさつば》に立ち寄ったところで騒ぎが始まったでな」

と笑った居眠り猫が、

「手付同心では物の役にも立つまいが、御用の場を見逃すわけにもいくまい」

と騒ぎの場に向かい、政次が、

「宜《よろ》しくお願い申します」

と丸めた背に願った。

二

松坂屋の奥に通された政次としほは、いきなり松六に、

「おお、来なさったか。どうだ、仲よくしていなさるか」

「お陰さまで仲よく暮らしております」

と問われた政次が答えた。

「若親分、そんな呑気《のんき》なことを言わないで年寄りを喜ばせて下さいよ」

「年寄りとはご隠居のことにございますか」

「はいはい。当年とって七十二歳、立派に背中に苔《こけ》らが生えたほどの年寄りです」

「ご隠居を喜ばすとはなんでございましょう」

「そりゃ、二人にさ、赤子が出来たって話ですよ」

と未《いま》だ座敷の入口で立ったままの二人に松六が矢継ぎ早に問いを繰り出した。

「お父っつあん、若親分もしほさんもまだ座布団に腰も下ろしていられませんよ。そう質問攻めにしたところで都合のいい返答は聞けません」

と嫁のおけいに注意を受けて、

「おお、ほんにまだ客人を立たせたままでしたよ」

と松六がようやく二人を座らせた。

「ご隠居、おえい様、過日は私どもの祝言の仲人を務めて頂き、真《まこと》に有難うございました」

「本日は縁結びの松六様とおえい様にお礼に参上致しました」

と二人が挨拶の趣旨を述べた。

「いやはや最後の最後まで花嫁独りの祝言かと気を揉《も》みましたがな、政次さんも御用を果たされてなんとか間にあった。綱渡りとはああいうことを言うのでしょうな」

政次は会津藩から極秘に頼まれた金蔵の金盗人の探索で金座裏を留守にして祝言の当日の朝を迎えたのだ。

花嫁のしほも仲人の松六、おえい夫婦もしほだけの独り祝言を覚悟した。

「ご隠居、はらはらさせて申し訳ございません」

「金座裏の十代目の祝言だ。南北江戸町奉行から川越藩松平《まつだいら》家のお歴々、江戸町年寄に鎌倉河岸の面々まで呼んだ場に花婿がおりませんじゃあ、金座裏の親分の沽券《こけん》に関わりますよ。なによりしほちゃんの立場がないや。どうしたものかと仲人は肝を冷やしました」

「ご隠居様、私も金座裏の門前に立ったとき、独り花嫁を務めようと腹を固めました。敷居をまたいだら、私の手を取った人がいるじゃありませんか。それが政次さんだなんて、ほんとに驚きでその後の祝言のことなど一つも覚えておりません」

「しほちゃん、そりゃ、よかったよ。なんたってこの人が上ずって高砂《たかさご》をやるものだから、声の調子が上がったり下がったり、とても聞かれた高砂やではありませんでした」

とおえいが笑った。

松坂屋当代の由左衛門《よしざえもん》も姿を見せて、金座裏の祝言の模様があれこれと話題に上って、笑い声が絶えない刻限を二人は過ごした。

二人が辞去しようと考えたとき、由左衛門が、

「今だから申し上げますが、お父っつあんから手代の政次さんを金座裏に奉公替えさせたいと相談されたとき、正直親父《おやじ》どのは狂われたかと思いましたよ。うちは呉服屋、金座裏はお上《かみ》の御用を勤める町方《まちかた》です、それもただの御用聞きではございません。三代将軍家光様以来公方《くぼう》様お許しの金流しの家系、呉服屋の手代に務まるものかと思いました。第一政次さんはうちの大事な奉公人、ゆくゆくは番頭に出世し、暖簾《のれん》分けもと親父と話したことも一度や二度ではありません、間違いなくうちの金の卵です。それをよそに、奉公替えのお先棒を担ぐなんてお父っつあんはなにを考えているのかと思いました。そのとき、お父っつあんがね、これ、倅《せがれ》、御城近くの角地に店や家を構える古町町人は、自分の商いや家だけを考えていていいものですか。金座裏から金流しの大看板がなくなることの意味をとくと考えなさったことがありますかと大目玉を食らいました」

「由左衛門様、私のことでそのような会話がございましたか」

「政次さん、私はそれでもね、呉服屋の手代から御用聞きに鞍替《くらが》えだなんて無謀と思いました。だが、あなたは私の考えた十倍も二十倍も大きな人物でございました。見事、私の不安を裏切って、十代目の新しい看板を江戸に上げなさった。お父っつあんの目がしっかりとしていたということです」

「これ、倅、今日はえらく持ち上げるね、気味が悪いよ。政次さんの鞍替えについちゃ、宗五郎親分の政次さんの資質を見抜いた、確かな目がなければ実現しなかったことですよ」

と松六が言い出し、

「それにしても政次さんが抜けた松坂屋の穴《うち》は未だ埋まったとは言えませんよ」

と由左衛門が嘆いたものだ。


松坂屋で昼餉《ひるげ》を馳走《ちそう》になり、二人は松坂屋を辞去すると呉服町を抜けて、呉服橋で御堀を渡り、北町奉行所の門前に出た。

「若親分、最前はお手柄じゃそうな」

と門前でばったりと吟味《ぎんみ》方与力《かたよりき》の今泉修太郎《いまいずみしゅうたろう》と顔を合わせた。

「手柄というほどのものでもございませぬ。掏摸の三人組が私たちの目の前で仕事をしたのを見たものですから、ちょっとお節介をしただけです」

「猫村重平から事情は聞いた。櫓下のおかる一味じゃそうな、あやつら、この一年余り、盛り場の人込みで在所から江戸に出てきた懐のあったかそうな年寄りを狙って仕事を繰り返してきた一味でな、被害の額は届けがあっただけで五百五、六十両に上る連中だ」

「えっ、五百五、六十両にも上るのでございますか」

政次にはおかるがそれほどの凄腕《すごうで》とも思えなかった。

「若親分も承知だろうが、このところ掏摸が江戸の各所で横行しておるな。このご時世ゆえ、江戸に各所から掏摸一味が入り込んでおるかと考えておったが、どうやら掏摸一味の暗躍には大きな組織が介在しておるようなのだ」

「櫓下のおかる三人組は掏摸一味の一つにございますか」

頷いた今泉が、

「南町と合同の探索会議をつい先日もった折、南町がどうもあやつらの背後に頭目が控えておるようだと言い出したのだ。おかる一味のような掏摸団を何組も鵜匠《うじよう》のように操っておる頭目がおるそうな。宗匠とよばれる頭分のことは未だ正体が知れておらぬ」

と説明した今泉が、

「若親分、櫓下のおかるらの口から宗匠のことが少しでも知れたとしたら見事なお手柄になるぞ」

今泉修太郎は従っていた小者《こもの》に、

「少し門番詰め所で待っておれ」

と命ずると外出を中断して、自ら奉行小田切直年《おだぎりなおとし》の下へ金座裏の若夫婦を連れていった。

小田切は寛政四年（一七九二）から北町奉行の職にある人物で政次ともしほとも顔見知りの仲で、むろん祝言の正客の一人だった。

月番の小田切は、奉行所の奥、庭に面した御用部屋にいた。

与力同心が次々に持ち込む書類を傍らにうずたかく積んで次から次に裁断を下す小田切は今泉与力が案内してきた二人を見るとにっこりと笑い、

「若親分、しほ、金座裏の暮らしに少しは馴《な》れたかのう」

と聞いたものだ。

「お奉行様、お陰さまでしほも私も、実家のように金座裏に馴染んで暮らしております。これも偏《ひとえ》に皆様方のご好意の賜物《たまもの》にございます」

と政次としほは小田切の前に平伏した。

「顔を上げて、そなたらの幸せぶりを見せてくれ」

はっ、と政次が、少し遅れてしほが面《おもて》を上げた。

「やはり金座裏に金流しの大看板で頑張ってもらわんとな。そなたが十代目を継いでくれて、この小田切もほっと安堵《あんど》しておるわ」

「恐れ入ります」

「お奉行、挨拶回りの途次、早速の手柄にございます」

と今泉修太郎が日本橋での掏摸事件の概要を小田切に語り聞かせた。

「なに、挨拶回りの最中《さなか》に手柄を立てたか。さすがは十代目、やることが手早いのう」

「お奉行、一味の頭分は宗匠と申す謎《なぞ》の人物、櫓下のおかるはその組織下の歯車の一つと思えます」

「おかるなる者の証言からなんぞ宗匠の正体が知れるとよいのだが」

と小田切と今泉が言い合った。

政次も初耳の情報だった。

小田切がふうっと政次を見て、今泉に視線を戻した。

「今泉、金座裏には伝えてあるのか。小伝馬牢屋敷《こでんまろうやしき》の一件」

「いえ、奉行所内でも数人しか知らぬ極秘のことにございますれば未だ」

「政次に話し、宗五郎だけには伝えておいてはどうだ」

「いかさまそれが宜しいかと存じます」

と小田切の指示を受けた今泉が、

「若親分、南町が先月、宗匠頭目の支配下の一つの掏摸を一人、捕縛したと思うてくれ。南町では手妻《てづま》の元治《がんじ》を責めて宗匠のことを吐かせようとした。だが、知らぬ存ぜぬでなかなか口を割ろうとせぬ。そこで一旦牢屋敷に戻した夜のことだ。大牢で手妻の元治が突然死しおった。牢名主《ろうなぬし》は心臓《しんのぞう》の発作と言いたてたが、数人が奴の体に圧《の》し掛かり、顔に濡《ぬ》れ紙をあてて息ができないようにして始末されたのだ」

「宗匠の力は牢屋敷にも及んでおりますか」

「どうやらそう考えられる節《ふし》がある」

と今泉修太郎が答え、小田切も、

「政次、上様から江戸の治安を預かる南北両奉行所にとってゆゆしき事態であり、威信にもかかわる。なんとしても闇《やみ》に潜む宗匠を白日の下に引きずりださぬことにはな」

と言葉を添えた。

「畏《かしこ》まりました。金座裏に戻り、宗五郎に報告致し、早々に内偵にかかります」

と政次が請け合った。

「今泉様、なぜ掏摸の頭目は宗匠と呼ばれるのでございますか」

御用の話にそれまで黙っていたしほが不意に口を開いた。

「日替わりで人相を変え、衣服を着替えておるようだが、俳諧《はいかい》の宗匠か茶人のような風体《ふうてい》をすることを得意として好むそうな。しほ、なんぞ思い当たることはあるか」

「今泉様、最前の橋の上の騒ぎの最中、人込みの中にそのようななりの老人が混じっておりました」

「なにっ」

と今泉が驚きの声を上げ、政次がしほを見た。

「話を続けよ」

と小田切が命じた。

「政次がおかる一味を叩《たた》き伏せたのを確かめ、すいっと姿を消しました。野次馬の中にあって、その者だけが冷たい眼差しをして騒ぎの一部始終を冷静に観察していたのでございます。大勢の中でその者ひとりが浮いておるようで私の注意を引きました」

「しほ、私は迂闊《うかつ》にも見逃しました」

「政次さんは三人組を手捕りにするのに大忙しでした。日本橋の混雑の中であの老人にまで目を留めるのは無理です」

しほの言葉に、

「しほが申すとおりだ」

と応じた小田切が、

「しほ、そなたは金座裏の絵師を務めておったな。そやつの人相風体、覚えているかぎりでよい、この場で描いてくれぬか」

と命じた。

「筆をお貸し頂けましょうか」

しほの答えに吟味方与力の今泉修太郎が即座に御用部屋の文机《ふづくえ》の一脚をしほのために用意した。

しほは文机の前に座すと頭の中で記憶を整理するように辿《たど》っていたが、細筆を摑《つか》むと硯《すずり》で穂先をしめして一気に描き始めた。

何枚か、描き直したあと、しほがくるりと向き直り、

「お奉行様、このような人物であったかと思います」

と差し出した。それを今泉が受け取り、小田切の膝の前に広げた。

政次も覗《のぞ》き込んだが宗匠頭巾に道行衣《みちゆきごろも》のような絹物を纏《まと》った年寄りの風貌《ふうぼう》と尖った眼差しに覚えはなかった。

しほは、手首に信玄袋の紐《ひも》を巻き、竹杖《たけづえ》を突いた風采《ふうさい》とは別に貌《かお》の表情を三態描いていた。

一枚は平静の貌、二枚目は舌打ちでもしているのか歪んだ貌、三枚目はすでに櫓下のおかるを見放したかのような、酷薄そうな顔付きに描かれていた。

「今泉、政次の捕り物もさることながら、もしやこの人物が掏摸団の頭分宗匠だとしたら、南町が先行しておる探索を北町が逆転できるやもしれぬぞ。いやいや、南であれ北であれ、江戸市民のために一日も早くこの掏摸団を捕縛せねばならんがな」

と小田切が思わず本音を漏らした後、言葉を取り繕《つくろ》った。

「若親分、しほの絵の人物だが、どう思うな」

「今泉様、しほはこれまでもこのような場で大勢の人々とは違う反応を見せる人物を観察して、手配書に描いてきました」

「いかにもいかにも」

「しほがあの場で異常をこの老人に感じたとしたら、なにか曰《いわ》くがなければなりません」

「今泉、政次が捕らえた櫓下のおかるなる掏摸に絵を見せて反応を見てみよ。さらに反応次第では探索方に持たせて内偵に入らせよ」

「はっ」

と畏まった今泉に、

「しほは晴れて金座裏の十代目の嫁になったのだ。今後はしほを北町奉行所の御用絵師に命ずるぞ」

と北町奉行の小田切土佐守《とさのかみ》直年が上機嫌の顔で言ったものだ。


七つ（午後四時）過ぎ、政次としほの二人はこの日、最後に予定していた川越藩松平家の江戸屋敷のある赤坂溜池台《ためいけだい》に御徒組頭《おかちくみがしら》の田崎九郎太《たざきくろうた》を訪ねた。

田崎家は代々目付を拝命し、禄高四百二十石であったが、父の佐次郎《さじろう》亡きあと、江戸詰めから国許《くにもと》出仕に変わった折、藩主松平大和守直恒《やまとのかみなおつね》の命で御徒組頭に任じられていた。

政次にとっては直心影流《じきしんかげ》神谷丈右衛門《かみやじょうえもん》道場の兄弟子にあたり、此度の祝言にも出席した一人だった。

しほの亡父村上田之助《むらかみたのすけ》は川越藩の納戸役であり、また母親早希《さき》の実家の久保田《くぼた》家は御小姓番頭を務める重臣であった。

だが、破談させられた許嫁《いいなずけ》同士の村上田之助と久保田早希は手に手をとって川越を逐電し、旅の最中にしほが誕生した。

この二人の愛の逃避行は川越藩を長年にわたり専断してきた、城代家老の根島伝兵衛《ねじまでんべえ》一味を破滅に追い込む事件の端緒でもあった。

その折、金座裏の宗五郎親分が川越藩を助けて解決に一役買ったこともあり、金座裏と川越藩松平家の結びつきが深くなっていた。

旅先で生まれ江戸で育ったしほは、この事件を端緒に出自《しゅつじ》を知ることになり、すでに亡くなっていた母親の姉、しほにとって伯母《おば》や従姉妹《いとこ》らと名乗り合うことになった。

しほの伯母二人は、それぞれ松平家の重臣、御番頭園村《そのむら》家と勘定奉行佐々木《ささき》家に嫁いでおり、しほの祝言には川越から大勢が江戸に出てきて出席してくれた。

かように政次にもしほにも川越藩松平家との繋《つな》がりは深い。それだけに此度の挨拶回りには欠かせぬところだった。

政次が門番を通じて玄関番の若侍に訪問の意を伝えると、直《す》ぐに静谷理一郎《しずたにりいちろう》と園村辰一郎《しんいちろう》の二人が姿を見せた。理一郎は従姉春菜《はるな》の夫、辰一郎はしほの従兄弟《いとこ》であった。

「若親分、しほさん」

と辰一郎が笑いかけた。

「伯母様方は川越に戻られましたか」

としほがどちらにともなく聞いた。

「しほさん、ようやく一昨日《おととい》の川越夜船に乗せました。すると辰一郎が、いえ、もう一度金座裏を訪ねてしほさんの様子を見届けると、母も叔母も頑張っておりましたが直恒様が上府なさっておられる最中、いつまでも江戸見物の続きではありますまい、金座裏の祝言は無事終わったのだ、そろそろ川越へお戻り下さいと少々強引に船にお乗せしたところです。今日あたり川越城下に到着して、二人の祝言の模様を城下じゅうに大仰《おおぎょう》に話して歩いておりましょうな」

と笑った。そこへ名指しした田崎がでっぷりと太った巨体を見せた。

「田崎様、過日は私どもの祝言にご出席頂き、真に有難うございました」

と政次が剣術の兄弟子に礼を述べた。

「そのような礼の言葉はこの際よい」

田崎がにべもない調子で言い放《はな》った。

「なにかご不快のことがございましたか」

「此度のそなたらの祝言にお一人、ご不満に思うておられるお方がおられる」

「私どもが大事なお方を呼び忘れておりましたか」

と政次がしほと顔を見合わせた。

「おられる。ゆえにただ今より詫《わ》びに参上する。政次若親分、しほさん、覚悟して身どもに従え」

園村辰一郎と静谷理一郎がはっと顔色を変えた。

「園村、静谷、そなたらもわれらに同道致せ。しかと申し付ける」

と田崎が鹿爪《しかつめ》らしい顔で命じた。

政次としほは、緊張の顔で川越藩江戸屋敷の長い廊下を奥へ奥へと導かれていった。

三

川越藩松平家二代目藩主松平大和守直恒は、家康の血を引く結城《ゆうき》秀康《ひでやす》から出た御家門であり、宝暦十二年（一七六二）五月一日生まれの四十歳、男盛りだ。

明和五年（一七六八）、わずか七歳で藩主の地位に就いたため、幼い藩主を後見した城代家老の根島伝兵衛一派の専断を許す遠因を作った。ために影の薄い殿様としてなにかと苦労した。

藩主就位から三十年を過ぎてようやく根島一派が一掃され、江戸を守る番城として川越藩にようやく藩主直恒が君臨する治世を取り戻していた。

田崎が政次としほを連れていったのは、藩主松平直恒の御前であった。

それが分かったとき、政次はしほを振り返って目で知らせると廊下に座して平伏した。

「九郎太、そこな二人が金座裏の後継か」

「いかにもさようにございます」

「面を上げよ」

「はっ」

政次に続いてしほがゆっくりと顔を上げた。

「宗五郎の後を継ぐ者にふさわしい面魂《つらだましい》をしておるわ、名はなんと申す」

「政次にございます」

「嫁の名はしほであったな」

直恒がその昔家臣だった村上田之助と久保田早希の間に生まれた娘を見た。

「さようにございます」

「しほ、覚えておるか。予がそなたに母方久保田の家を再興する意思あらば叶《かな》えて遣わすと言うたことをじゃ」

「はい、よく記憶しております。旧久保田家禄高三百六十石を女の私が再興するを差し許すと、養父の宗五郎に法外のお申し出をなされましたそうな」

「しほ、あっさりと断りおったな」

「私の父が殿様の家臣であり、母も家臣の娘であったことは確かでございます。されど父と母は殿様のお許しもなく奉公を辞し、村上、久保田両家を捨てた人間にございます。なにじょうあってその娘の私が久保田家を再興などできましょうや。また私は旅の最中に生まれ、江戸の市井《しせい》で育った娘にございます。お武家様の暮らしは無縁にございました」

「それゆえ断ったか」

「はい」

「しほ、その決断思い直す要はないか」

「殿様、金座裏の若親分、いえ、政次という伴侶《はんりょ》を得られたのです。今更ながらお武家様にならなくてよかったと思うております」

「うーむ」

　としほの潔い返答に言葉に窮した直恒が、

「久保田家三百六十石も金座裏には敵《かな》わぬか」

「いえ、政次には敵いませぬ」

「九郎太、村上田之助と久保田早希の娘、よう言いおるぞ」

と大仰に嘆息すると、
はっはっはは
と直恒が満足げに破顔した。

「政次、そなたの養父宗五郎には、城代家老根島伝兵衛が専断してきた藩政の改革の折、窮状を救うてもらったことがある。また、そなたにも川越城下で起こった騒ぎを取り鎮めてもらったこともあるそうな。今後とも川越藩をよしなに頼むぞ」

直恒はよく金座裏と川越藩の関わりを承知していた。

「お殿様、滅相もないお話にございます」

「金座裏には諸国大名があれこれと内密の願いを致すというが、川越藩はその一つに過ぎぬようじゃな」

「いえ、殿様、そうではございません。どう申しましょうがしほの実家は川越にございます。私としほは今後も川越の親類縁者を訪ねる所存にございます。そのこと、お許し下さいまし」

「政次、そこな、園村辰一郎も静谷理一郎もそなたらと縁戚であったな。川越城下をわが松平家が支配するかぎり、金座裏には川越城下の勝手ご免の出入りを直恒が許すぞ。どこな家臣の屋敷も自由に訪ねよ」

「有難き幸せにございます」

「辰一郎、村上田之助が娘に酒《ささ》をとらせたい、仕度致せ」

直恒が命じて、政次としほは挨拶回りの松平家で酒を馳走になることになった。


しほは初めて乗物に乗った。

それも陸尺《ろくしゃく》四人が担ぎ、手代わりの提灯持《ちょうちんも》ちまで従えた立派な乗物だ。

直恒が命じた宴《うたげ》には金座裏との関わりがある家臣や直恒の奥方も加わり、和《なご》やかに数刻も続いた。

政次が何度か辞去の意を田崎九郎太に伝えたが、九郎太は、

「若親分、殿があのように和やかなお顔をなされておるのを初めて見た。胸襟《きょうきん》を開いてそなたら夫婦と談笑するを心から楽しんでおられるのだ。もうしばらくお付き合いを願おう」

と引き留められた。そして、五つ（午後八時）の時鐘を聞いた政次は、

「殿様、本日は真に有難う存じました。酒に酔ったついでに申すのではございませぬ。御城下がりの途次、金座裏をお訪ね下さいまし。御城近くの町屋の暮らしを政次としほがご案内申します」

「なに、政次、予を金座裏に招くと申すか」

「養父養母には断ってございませんが、きっと大喜び致しましょう」

政次の言葉を聞いた直恒が傍らの奥方に顔を向けて、

「奥、家光様がお許しになった金流しの十手の家に招かれたぞ」

「殿様だけではずるうございます。私も伴うて下さいまし」

「そうか、奥も金座裏を訪ねたいか」

奥方のお篠《しの》の方《かた》がしほを見た。

「しほ、金座裏に名物がありますか」

「奥方様、しほは金座裏に嫁ぐ前、千代田の御城の北側にございます鎌倉河岸の酒問屋豊島屋に奉公致しておりました。この豊島屋には名物の田楽《でんがく》がございます。灘伏見《なだふしみ》の下《くだ》り酒と一緒に田楽を食するのが鎌倉河岸の名物にございます」

「白酒売りの豊島屋ですね。幼き頃から桃の節句には豊島屋の白酒を飲みましたよ」

「いかにもその豊島屋がしほの実家のようなものにございまして金座裏には豊島屋か

ら嫁に参りました」

「殿様、奥も豊島屋の田楽を食しとうございます」

「奥が田楽をのう、話のタネに予も付き合うぞ」

「ならば殿様が金座裏を訪ねる際には必ずや私も同道致します」

お篠の方に頷いた直恒が、

「よいか、政次」

「お待ち申しております」

と約束がなってようやく宴が果てた。


直恒はしほのために奥女中が遣う青漆《せいしつ》黒銅貝鋲打《びょううち》の乗物を用意させた。

「政次さん、私だけこのような乗物に乗って罰《ばち》があたりそうだわ」

「しほ、豊島屋の田楽を川越の殿様と奥方様が食する以上の話のタネだよ。どうです、乗り心地は」

「裏長屋住まいが似合いのしほです、お尻がむずむずとして落ち着かないわ」

赤坂溜池台の川越藩江戸屋敷から御堀沿いに右手に進んで数寄屋《すきや》橋、鍛冶《かじ》橋、呉服橋と進み、日本橋川に架かる一石《いちこく》橋に差し掛かったときには、五つ半（午後九時）を大きく過ぎていた。

　晩春の宵だが日が落ちて気温が下がったせいか、御城近くに人の往来する姿は消えていた。

「しほ、疲れたかい」

「政次さん、私はこのとおり乗物に揺られて歩いてないわ。疲れようもありません」

「そうではない。松坂屋さん、北町奉行所、さらには川越藩と一日に三つも挨拶回りして気疲れはないかと聞いているんだよ」

「未だ馴れぬ乗物の中、気が張っているので分かりません」

　しほの答えは正直だった。

　政次の返事はなく一石橋の上で不意に乗物が止まった。

　政次が手代わりの提灯持ちに合図して止めたのだ。

　行く手を怪しい影が立ち塞《ふさ》いでいた。浪人者が三人、そして、その背後に宗匠風のなりをした影がひっそりと控えていた。

「金座裏の政次とはおまえか」

　浪人者が誰何《すいか》した。

「いかにも私が政次にございますが御城端で何用ですね」

政次の声はあくまで平静だ。そして、しほが北町奉行所で描いた掏摸の一味の総頭、宗匠として知られる人物に似た影に問うた。

「おまえさんが櫓下のおかるらを操る掏摸の頭分、宗匠ですね」

「ほう、そのようなことまで承知とはさすがに奉行所と近しい金座裏よのう」

宗匠の言葉遣いと態度は武家の出を思わせた。

「乗物の中は女房が乗っておるのか」

「いかにも鎌倉河岸育ちのしほが松平直恒様のお心遣いの乗物に揺られております」

「しほの身柄、貰《もら》い受けた」

「これはしたり、だれが惚《ほ》れた女房を掏摸の頭分にはい、どうぞと差し出すものですか」

と応じた政次はさらに聞いた。

「宗匠、私の恋女房をなんのために攫《さら》うのですか」

「櫓下のおかるは私の大事な仕事人でね。しほを身代わりに攫い、おかると交換するのだよ」

宗匠も落ち着いた声音で政次と応対した。

金座裏近くの一石橋に政次としほの帰りを待ち受けるとはよほど腕に自信があるの

か、江戸の事情に無知なのか。

浪人三人が鯉口《こいぐち》を切って政次に進んできた。

乗物を担ぐ四人の陸尺が肩から棒黒を下ろし、しほを守るように身構えた。

「怪我《けが》があってもいけませぬ。どなたか腰にお差しの木刀をお貸し願えませんか」

政次は羽織を脱ぎながら陸尺らに尋ねた。懐に短十手はあったが不逞《ふてい》の浪人三人を相手には長物で相手をしたかった。そのほうが短十手より万全と考えたからだ。

「どうぞ」

と手代わりの提灯持ちが腰から木刀を抜いて政次に差し出した。

「お借り申します。恐れ入りますが羽織をお持ち願えますか。いえ、直《す》ぐに事は終わります」

あくまで政次の口調は変わらない。手代わりから木刀を受け取った政次は代わりに片手で脱いだ羽織を渡した。

軽く素振りをくれた木刀を片手に、

「お相手致します」

と三人の浪人に向き合うと、

「こやつ、木刀でわれらと戦う気か」

と中の一人が驚いた。

「江戸の御用聞きは二本差しには慣れておりましてね」

と笑った政次の、

「なあに、この先の鎌倉河岸の豊島屋の田楽なんぞはおまえさん方より立派な串《くし》を二本胴中に差し落としておりますよ」

との返答に陸尺たちが思わず笑い、虚仮《こけ》にされた浪人の一人が、

「抜かしおったな、あとで吠《ほ》え面をかくでない！」

と叫ぶといきなり抜き打ちに政次に斬《き》り掛かってきた。

政次は刃を避けようともせず反対に踏み込んでいた。

赤坂田町《たまち》の直心影流神谷丈右衛門道場で猛稽古《もうげいこ》を積んで間合いの、

「見切り」

を承知したものでないとできない大胆な踏み込みだった。

髷の上に刃風を感じながら内懐に飛び込んだ政次は、定寸よりはるかに短い陸尺の木刀で相手の肘《ひじ》をしたたかに叩いていた。

ぼきん
と肘の骨が折れた音が不気味に響いて、

うっ

と立ち竦んだ相手の手から刀がぽろりと橋の床板の上に落ちた。

「やりおったな」

残る二人が左右から迫ってくるところ、政次の長身が軽やかに右に左に宙を舞い、片手の木刀でごつんごつんと額を打ち、腰を叩いてその場に倒していった。

三人が一瞬にして橋上に倒され、呻《うめ》いていた。

動きを止めた政次は御堀端の奥に御用提灯の明かりが浮かんだのをちらりと見やった。

「な、なんと」

宗匠の口から驚きの声が洩《も》れた。

「宗匠、ちと金座裏を甘く見られましたな」

「おのれ」

と吐き捨てた宗匠が竹杖を構えた。

政次は仕込み杖かと木刀を構え直した。

「おめえさんの名はなんと言うんだえ」

政次が伝法《でんぽう》な口調に変えて聞いた。

「朝尊寺秋月《あそんじしゅうげつ》、本日の仕打ち、重ね重ね許しはせぬ」

竹杖が構えられ、朝尊寺が政次に躍りかかる体で欄干の方に回り込むと、不意に体を翻して、
ひらり
と日本橋川に飛んだ。

「武家方と思ったら若親分じゃございませんか！」

と独楽鼠の亮吉の声が一石橋に響いて夜廻りの金座裏の面々が駆け付けてきた。

それには構わず政次が欄干から橋下を見下ろすと、一艘《そう》の船が待ち構えていて飛び降りてきた朝尊寺を乗せた。そして、二挺櫓《にちょうろ》で一気に漕ぎ出し大川へと夜の闇に紛れるように消えていった。

「あいつはだれです」

と息を弾ませた亮吉が欄干から身を乗り出すように聞いた。

政次は悠然と常丸、亮吉、広吉《こうきち》、それに波太郎の四人の手先に振り向くと、

「本日は橋尽くしで騒ぎが起こりますよ。昼前、日本橋の上で捕らえた櫓下のおかるらを支配する宗匠朝尊寺秋月がしほの身を攫おうと待ち受けていたんだよ」

「なんだって、うちの嫁様を攫うだと。船で逃げた男がしほちゃんが絵に描いた掏摸

の頭分か。なんだってそんなこと考えたんだ」

独楽鼠の亮吉が素《す》っ頓狂《とんきょう》な声を張り上げ、矢継ぎ早に尋ねた。

「亮吉、宗匠さんは、しほの身柄と交換に牢屋敷のおかるを取り戻す算段らしくてね、私らの帰りを待ち受けていたんだよ」

と政次が平静の声で告げると、

「木刀、ありがとうございました」

と手代わりの提灯持ちに返した。

「噂《うわさ》には聞いておりましたが金座裏の若親分の手際はなんとも鮮やかですね、お陰で屋敷に土産話が出来ました」

と手代わりが笑って羽織と木刀を交換した。

「若親分、こいつらどうするね」

「お江戸の事情も知らないで朝尊寺秋月に金で雇われた者たちでしょう、悪さを重ねた面構《つらがま》えです。常丸兄さん、今晩うちに茅場町《かやばちょう》の大番屋に渡しておきましょうか」

「若親分、合点承知だ」

神谷道場仕込みの容赦のない政次の木刀に叩かれて、呻く三人から大小を奪い取ると、広吉が刀の下げ緒で一纏めに括《くく》り、常丸らが手際よく三人に捕り縄をかけた。

「しほ、もはや金座裏は目と鼻の先です。そなた、乗物で先に戻っていなさい」

と命ずると橋の上で待たせた陸尺らに、

「手先の一人を道案内につけます、お願いできますか」

と乞《こ》うた。

政次は常丸らに従い、大番屋《おおばんや》まで同道する気でいたのだ。

「政次さん、私歩いても帰れます」

と乗物から下りたそうなしほに、

「折角《せっかく》松平の殿様のご好意です、このような機会は滅多にありませんよ。金座裏に乗物を横付けにしておっ養母さんを驚かしてやりなさい」

と言うと陸尺らが心得顔に、

「しほ様、お立ち」

と棒黒に四人の陸尺の肩が入れられ、政次に代わって波太郎が道案内に立った。

「よし、こっちは大番屋までしょっ引いていくぜ」

と常丸の声で浪人剣客の縄目を常丸、亮吉、広吉の三人が取り、政次が付き添うことになった。

大番屋に浪人三人を届けた政次らが金座裏に戻ったとき、すでに四つ（午後十時）

の刻限は大きく過ぎていた。

だが、金座裏には明々と御用提灯が掛けられていた。夜廻りが戻ってくるまで外格《ごう》子《し》の軒下には提灯が灯《とも》されているのが金座裏の習わしだった。

「姐さん、軒行灯《のきあんどん》消していいかえ」

と亮吉が内玄関に叫ぶと、

「独楽鼠、消していいよ」

とおみつの声がして、亮吉が、
ふうっ
と息を吹きかけて金座裏の一日が終わりを告げた。

四

翌朝、政次が赤坂田町の朝稽古から金座裏に戻ると北町定廻《じょうまわ》り同心の寺坂《てらさか》毅一郎《きいちろう》が宗五郎の居間の長火鉢の前にでーんと座って茶を喫していた。

「寺坂様、ご苦労に存じます」

「昨日は挨拶回りの行き帰りに騒ぎがあったってな、若親分も所帯を持った早々ご多忙だ」

「朝尊寺秋月を取り逃がしたのがなんともしくじりでした。浪人三人はうっちゃっておいて宗匠を取り押さえるのでした。床《とこ》に就いて悔しさが募りました」

「御用の途中じゃないんだ。嫁様との挨拶回りの途中の手柄、あれ以上のものはないぜ。朝尊寺秋月って名と風采が昨日一日で分かったんだ、大したものだよ」

と剣術の兄弟子が褒めた。

「朝尊寺秋月は俳号にございましょう、本名は別と見ました」

「それでも手がかりにはなる。今も朝尊寺秋月をどうひっ捕まえるか、九代目とも話していたところだ」

「政次、宗匠は、二挺櫓を一石橋下に待たせていたんだったな」

宗五郎の念押しに、

「いかにもさようです」

と政次が畏まった。

「挙動から考えて武家の出ではないかと存じました」

「江戸者か、それとも余所者《よそもの》か」

「金座裏の事情を生半可《なまはんか》にしか承知しておりません。その昔、勤番で江戸藩邸に住み暮らした西国辺りの藩士と見ました。ただ今は倅に家督を譲って楽隠居した身分と推量致しましたが、寺坂様、親分、この考え、いかがにございますか」

「政次、そやつにとっくりと対面したのはおめえしかいないんだ。そう推量するんならばそう間違ってはいめえ」

「親分、政次、どうにか朝尊寺秋月の野郎に網を張りたいんだがな。なんとか知恵はないか」

と寺坂が困惑の顔をした。

「いや、この話、南町が張り切りやがって、宗匠一味は必ずや南町でお縄にすると言って回っているそうな。南だ北だって角突き合わせる話じゃないが、被害の額がすでに七百両を超えると推定されて、うちのお奉行もなんとしてもお縄に致せと与力方を集めて督励なされたそうな。そのしわよせがこちとらにきて、この数日内に決着つけよときついお達しだ」

「さて、隠居然として菊小僧を膝に抱いて日向《ひなた》ぼっこをしている頭にはなかなかいい知恵も浮かびませんや」

と宗五郎も困った顔をした。

「若親分、この話、そなたが頼りだぞ」

寺坂毅一郎は無精髭《ぶしょうひげ》が伸びた顎《あご》を政次に向かって突き出した。

「おかるは、どうしてます」

「吟味方が下調べをしておるがなかなか強《したた》かな女でな、あれだけの衆人環視での掏摸のしくじりを棚に上げて、私は一切存じませぬ、金座裏の若親分の見間違いでございましょうの一点張りらしいや。あいつを落とすには時間がかかるぜ」

しばし考えた政次が、

「寺坂様、そのおかるの言い草に乗りましょうか」

「乗るってどういうことだ」

「おかるを牢屋敷からお解き放ちになさってはいかがにございますか」

「若親分の手柄だぞ」

「おかるが知らぬ存ぜぬを主張するのをいいことに私の間違いってことにして、お解き放ちはできませぬか」

「若親分、そなたの体面に傷をつけることになりはせぬか」

寺坂が政次を見て、さらに宗五郎の顔を窺《うかが》った。

「わっしら御用聞きが体面を気遣っていては碌《ろく》な働きはできませんや。政次がそれでいいというのなら、せいぜい読売に書き立てなさいまし、寺坂様」

「まさか読売に政次の見立て違いで掏摸を放免したなんて書き立てられるものか」

「いえ、それくらいしねえと悪党は信じませんぜ」

宗五郎の言葉を寺坂毅一郎が腕組みして考えていたが、

「よし、牧野《まきの》勝五郎《かつごろう》様に相談してみる」

と言うと立ち上がった。

翌日、江戸の町にかわら版が売り出された。

「金座裏の若親分、祝言ぼけか、女掏摸を間違えて捕まえる！」

という大見出し、絵入りのかわら版が売り出された。

鎌倉河岸の豊島屋では清蔵が鎌倉河岸の船着場でかわら版屋の触れ売りの声に、

「おいおい、おまえさん、ここをどこだと思って商売していなさる」

「豊島屋の大旦那、御城の本丸、二の丸を望む堀端で石造りの船着場があるのは鎌倉河岸だけだぜ。生まれ育ちの大旦那がぼけなすったか」

「ぼけと言いやがったな。金輪際、おまえには鎌倉河岸に立ち寄らせませんよ。なんだい、そんなかわら版を事もあろうに鎌倉河岸で売ろうなんて料簡がいやしいよ。さっさとどこかへお行き、庄太《しょうた》、塩壺《しおつぼ》ごともっといで、お浄めをするよ」

清蔵がかわら版屋を老舗《しにせ》の主《あるじ》の貫禄で鎌倉河岸から追い出した。塩壺を抱えて船着

場界隈に、
ぱあっ
と塩を撒《ま》いた庄太が、

「大旦那、違うよね。政次さんが間違えて罪咎《つみとが》もない人をお縄にするなんてありませんよね」

「庄太、おまえまでなんですね。政次さんがそんな馬鹿げた真似《まね》をする筈《はず》がございませんよ」

「だったらかわら版屋、なんだってこんなこと書いたんだろ。私がひとっ走り金座裏まで行って聞いてきましょうか」

「庄太、そんな余計なことは要りません。あの政次さんに限って、そんなちょんぼをする筈がございません。私は、だれがなんと言おうと信じませんよ」

清蔵の言葉に頷いた庄太が、

「しほちゃん、どうしているかな」

と呟《つぶや》くのを聞いて清蔵の肩ががっくりと落ちた。

その夕暮れ、豊島屋にはいつものように大勢の客が詰めかけていたが、苦虫を噛《か》み

潰《つぶ》したような顔で定席に座る清蔵を見て、

「おっ、清蔵さん、機嫌が悪そうだ。追い出されないように今宵は黙って酒を飲もう」

とお喋《しゃべ》り駕籠《かご》屋《や》の繁三《しげぞう》が無口の兄貴の梅吉《うめきち》に言ったほどで、この夜の豊島屋にはいつもの賑わいがなく、どことなく緊張とも不安ともつかない空気が漂って静かだった。

六つ半（午後七時）、北町奉行所の通用門が開いて櫓下のおかるが姿を見せた。

「吟味方の旦那、仲間も放免されたんですね」

「小伝馬町の男牢から四《し》半刻《はんとき》（三十分）前、二人して解き放ちになったぞ」

「だから、私が言ったでしょ。掏摸なんてやってないって。さすがに江戸のかわら版屋は見るところを見ているね、間違いを間違いって書いて読売にしようという度胸に惚れたよ」

おかるが通用門前で好き放題に奉行所の中に向かって捨て台詞《ぜりふ》を吐くと無言のままに通用門の扉がぎいっと閉まった。

「ちぇっ、てめえら、都合が悪いってか。まだおかる姐御の裾《すそ》が門を跨《また》いでもいないじゃないか。素っ気ないよ、北町」

さらに閉じられた戸に悪たれ口を叩いたおかるが、

「うっ、御堀の風がなんだか冷たいよ」

と独り言を残すと無人の北町奉行所の広場を突っ切り、呉服橋を渡ると一石橋へと進み、日本橋川に突き当たる手前で西河岸町に折れた。そして、まだ人の往来が激しい日本橋を横目に河岸道をすたすたと行き、きょろきょろと岸辺に櫛比《しっぴ》して舫《もや》われた大小の船に目配りしながら、木更津《きさらづ》河岸まで下りてきた。すると江戸橋の下の暗がりに明かりも点《つ》けずに舫われていた猪牙舟《ちょきぶね》が揺れて、

「おかる姐さん」

と呼ぶ密《ひそ》やかな声がした。

「おや、白っ首の三公《さんこう》かえ。お迎え、ご苦労だったね」

と応じたおかるが裾を乱してさっと石段を下りると猪牙舟に飛んだ。すると心得た三公が棹《さお》で石垣を突いて猪牙を流れに押し出した。

「ちょんぼをしちまったよ」

「宗匠が案じてなさったぜ」

「かわら版が出たってね、お頭のお手配かい」

「さあて、どうだろう。おかる姐御のことを案じてなさったからね、かわら版を読ま

れた宗匠はほっと安堵してなさったぜ」

「千太郎《せんたろう》と桃次《ももじ》はもう船に戻ったかえ」

「おや、あいつらも放免か」

「小伝馬町から解き放たれたそうだよ。私だけが調べが続いていた北町から日が暮れて放免ってわけだ」

「ならば先に越中島《えっちゅうじま》沖に戻っていよう」

と答えた三公が、

「それにしても姐御、此度は運がよかったよ」

「まだまだ櫓下の姐さんにはツキがあるってことだよ」

「宗匠は今日一日じゅう、腕組みして考えてなさったぜ。ひょっとしたらしばらく江戸を離れることになるかもしれないな」

「まだ稼ぎは千両に足りないよ」

「二百何十両か不足だが、このあたりが潮時かって宗匠は考えてなさるかもしれないな」

「ならば月明かりを頼りに今晩にも帆を上げるかね」

おかるが江戸の町を眺め上げた。

猪牙舟の後方を彦四郎《ひこしろう》が漕ぐ黒っぽい舟が従い、さらに二丁（約二百二十メートル）ほど後方に御用提灯を下ろした船が従っていた。だが、思いがけない放免に浮かれるおかるは気付く様子もない。

彦四郎の舟もおかるの猪牙舟も無灯火だったが、霊岸島《れいがんじま》新堀と呼ばれる日本橋川の下流部に至ったとき、白首の三公が、

「姐御、もう大丈夫だ、明かりを点けてもよ」

と提灯に明かりを入れることを許した。

「あいよ」

とおかるが艫《とも》に行き、煙草盆の火種で提灯に火を入れて、

「三公、おまえの飲み料かえ、ちょいと貰うよ」

と貧乏徳利と茶碗を抱えて猪牙の舟底に胡坐《あぐら》を掻《か》いた。

「二晩だけだが、牢ってとこは嫌なとこだよ。お浄めだ」

とおかるが貧乏徳利の栓を抜き、茶碗になみなみと注《つ》いで一気に飲み干し、
ふうっ
と大きな息を吐いた。

その直後、猪牙舟が大きくがぶって日本橋川から大川へと出ると舳先《へさき》が河口へと向

けられた。

「若親分、宗匠一味、佃島《つくだじま》か鉄砲洲《てっぽうず》辺りの船宿に隠れ家を設けているのかねえ」

船頭の彦四郎が舟の胴中に沈黙したままの政次に声をかけた。

「船宿ならば下っ引きの源太《げんた》の旦那や髪結の兄さんの網の目に引っ掛かるはずだよ。それが引っ掛からないところを見ると、どうも違う気がするがね」

「それにしても若親分、所帯を持った早々にひどく評判を落としたもんだな。当分顔を上げて江戸の町を歩けねえぜ」

と幼馴染の彦四郎が苦笑いしながら友の身を案じた。

「亮吉なんぞは本気で若親分が見誤ったんじゃねえかと心配していたぜ。懐から財布を抜き取られた爺様がいて、掏摸師からおかるに渡されようとした財布を若親分が押さえた。その直後に亮吉め、駆け付けてきながらまだ政次若親分の眼力を信じられないってんだから、どぶ鼠の頭ん中はどうなってんだか」

笑いながらも彦四郎は巧みに舟を回して大川の流れに乗せた。

櫓下のおかるが乗る猪牙の明かりが、ぼおっと大川の川面《かわも》に映っているのは、おかるが提灯を手にして深川相川町の岸辺を見ているせいか。

「女掏摸め、なんぞを探しているぜ」

「彦四郎、船を寝ぐらにしているんじゃないか」

「違いねえ。毎日、舫う岸を変えているんだぜ」

おかるの乗る猪牙は大川河口の左岸に沿って越中島へと回り込んでいった。

「おかるの異名の櫓下って、深川の岡場所《おかばしょ》にいた女郎ってことか、若親分」

「大いにそうかもしれないね」

政次が幼馴染の問いに請け合い、

「今度お縄にしたときは、当分江戸の町を見られないようにしてやらないとね」

と腰に差し込んだ銀のなえしの柄を片手で握った。

おかるを乗せた猪牙が向かったのは越中島沖の海だ。対岸に石川島の明かりを望もうという武蔵国忍藩《むさしおし》松平家の中屋敷の石垣の沖合だった。

中屋敷の西から南側は江戸湾に接していて、塀から二十数間《けん》ほど離れた沖合にせいぜい三、四百石ほどのぼろ船が碇《いかり》を下ろしていた。

おかるの猪牙が帆船の右舷《うげん》下にへばりつくように止まるとおかるが身軽に縄梯子《なわばしご》を上がっていった。

その姿が彦四郎の舟からも望めた。

「御用船を待とうか、彦四郎」

「承知の助だ」

彦四郎は心得て松平家の中屋敷の石垣下に舟を寄せて止めた。その直後に後方から従ってきた北町奉行所の御用船が彦四郎の舟に寄せてきた。

船には寺坂毅一郎と金座裏の宗五郎親分を頭分に若手の同心、それに金座裏の手先たちが緊張の面持ちで乗り込んでいた。

「若親分、一気に乗り込むかえ」

一丁先の帆船は森閑として明かりも見えなかった。だが、黒々とした船全体から強い緊迫の空気が漂ってきた。

「おかる、ドジを踏んだね」

風に乗って朝尊寺秋月の沈んだ声が伝わってきた。するとおかるが何事か言い訳めいた言葉を返している様子があった。

ばしん
と音がしておかるの顔が殴られた気配がして、おかるの切迫した言い訳が聞こえた。

「寺坂様、おかるが解き放ちになった理由に宗匠め、気付いたようですぜ」

「となると尻に帆をかけて月明かりを頼りに逃げ出す算段か」

宗五郎の託宣どおり三百石船の動きが急に慌ただしくなった。

「彦四郎」

「合点だ」

政次の呼びかけにむじな長屋で一緒に育った幼馴染が応じると一気に舟を三百石船へと突進させていった。さらに御用船も続いた。

帆船では碇が上げられ、帆が張られようとしていた。

彦四郎の舟が右舷側に寄せられ、まだ掛けられていた縄梯子に政次が飛び付いた。さらに左舷に御用船が接舷した。

政次が羽織の裾を翻して飛び込むと、

「朝尊寺秋月、櫓下のおかる、おまえさん方の積み重ねた悪事の数々、北町奉行所の目は逃れられませんよ」

と言い放った。

「やっぱりおかるが解き放ちになったのは罠《わな》だったか」

朝尊寺秋月が地団駄踏んで、竹杖に仕込んだ直刀《ちょくとう》を抜き放つと、

「相手は一人だ、押し包んで始末しますよ」

と手下たちに命じた。

その瞬間、左舷側から金座裏の宗五郎が金流しの十手を構え、寺坂毅一郎が捕り物用の長十手を振り翳《かざ》して飛び込んできた。


鎌倉河岸の豊島屋では景気の悪い夜が更けて、馴染みの面々だけがなんだか煮え切らない顔で残っていた。

「昔はさ、こんなときでもよ、しほちゃんがいて愛想の一つも言うと店ん中の空気が一気に和んだものだがよ、旦那の清蔵さんとちぼの庄太のしけた面じゃあ、どうにもならねえや」

お喋り繁三がうっかりしたことを口にして、

「なんですって」

と清蔵がきいっとした眼を向けた。

そのとき、店の中にすうっと風が吹き抜けて、亮吉と彦四郎が飛び込んできた。

「春は名のみ、夜になると江戸湾も冷えるぜ」

「なに、呑気なことを言ってるんですよ、どぶ鼠。若親分がしほと所帯を持った早々危機に堕ちてなさるんですよ。おまえさん方、手先が江戸の町を駆け回って若親分の面子《メンツ》が立つようにしなきゃあならない時でしょうが」

「彦、危機ってなんだえ」

「亮吉、おれは金座裏の手先じゃねえもの、知らないよ」

「二人して友達甲斐《がい》がないね、かわら版にあれほど大きく書き立てられたでしょうが、知らないとは言わせないよ」

「そうだったか、彦」

「あったかねえ」

　と彦四郎が顎を撫《な》でた。

「旦那、こりゃ、なんぞ裏があるぜ」

　と叫んだのは繁三だ。

「おい、どぶ鼠、あのかわら版はなんぞからくりがあるのか」

「さあてな、お喋り駕籠屋。まあ、詳しいことは明日江戸じゅうに売り出されるかわら版を買うことだな」

　きいっと睨んだ清蔵が、

「亮吉、無駄口を叩かないで、すっかりと喋らないと金輪際うちには寄せ付けませんよ」

　と眉《まゆ》を吊り上げて亮吉に詰め寄った。

第二話　菓子屋の娘

一

翌朝、清蔵《せいぞう》の姿が鎌倉河岸《かまくらがし》の船着場にあった。

八重桜の花が綻《ほころ》びかけて、江戸の近郷近在から野菜や花を売りにきた小舟が雲集し、鎌倉河岸に露店を広げて大勢の客が品定めをしていた。

「清蔵の旦那、だれを待ってんだい。今朝はえらく早いな」

と知り合いの馬方《うまかた》が八重桜の幹に荷馬をつなぎ留めながら聞いた。

「気持ちのいい朝じゃないか、だれだって早起き致しますよ」

「おや、今朝は機嫌がいいよ」

と船着場に大川を越えてやってきた船頭が菜の花を両腕に抱えて鎌倉河岸の主《あるじ》の清蔵に声をかけた。

「私はいつだってほとけ顔ですよ。いつ不機嫌な顔をしましたな」

「昨日、かわら版屋を怒鳴りつけて追い返していたろうが」

「ああ、あれですか。あれにはちとわけがありましてね」

と言うところにかわら版屋が姿を見せて、

「いけねえ、今日はまた格別鎌倉河岸の主は早いお出ましだよ」

と言うと踵《きびず》を返そうとした。

「ああ、これこれ、かわら版屋さん。ちょいとお待ちを」

「なんですね、気味が悪い猫撫《なこな》で声でさ」

「本日の読み物はなんですね」

「だから、わっしは鎌倉河岸には立ち入りできない身分、これにて失礼を致します」

「神君家康様以来、天下ご免の鎌倉河岸です。だれが商いをしようが一向に構いませんよ」

「あれ、風向きが変わったぜ。どうしたことだ」

「そんなことはどうでもようございますよ。今朝の読み物はなんですね」

「だから、昨日の続き、金座裏《きんざうら》の若親分が手柄を立てたって話ですよ」

「かわら版屋さん、昨日は政次《せいじ》さんがドジを踏んだ、祝言ぼけだなんて書いたかわら版を売ってませんでしたか」

「大旦那、あれかい。あれはね、金座裏と北町奉行所が仕掛けた罠《わな》だったんですよ」

「政次若親分のドジは悪党を捕まえる仕掛け、罠だったんですね」

すでに承知の清蔵は鎌倉河岸じゅうに聞こえるように大声で問い返した。

かわら版屋が大きく頷《うなず》き、持参の足台に乗ると、

「本日のかわら版の一部を申し上げます」

と大声で人の注意を引いておいて、

「あぶないあぶない、在所から江戸見物に出てきた懐のあったかそうな分限者《ぶげんしゃ》や年寄りの懐中物を狙《ねら》った掏摸《すり》一味、宗匠こと朝尊寺秋月《あそんじしゅうげつ》一味総勢二十数人の大がかりな悪だくみがこのところ江戸で横行しておりましたがな、そいつを見事金座裏と北町奉行所が一網打尽にお縄にしたって話でございますよ、皆の衆」

「そのかわら版、五枚貰《もら》いましょう」

清蔵が財布から小粒を出した。

「大旦那、口あけから一分金《いちぶきん》はなしだ、釣り銭がねえや」

「昨日の詫《わ》びだ。釣りはとっておきなさい」

「さすがに豊島屋《としまや》の大旦那、腹が太いや」

と腕に抱えた読売を清蔵に渡したかわら版屋が、

「さあて、お立会い、元近江国《おうみ》のさる大名家の家臣で今や倅《せがれ》に家督を譲った宗匠朝尊寺秋月こと鈴村七郎平《すずむらしちろべえ》が率いる掏摸の集団の十と四人は、三人から四人がひと組となり、江戸の盛り場をうろついて在所から出てきた懐の温かそうな年寄りを狙い、半年余りになんと七百両余りを稼いでおりました。

朝尊寺秋月は一見好々爺然《こうこうや》としておりますが、これが剣術家飯篠長威斎家直《いいざさちょういさいいえなお》が祖の天真正伝 神道流《てんしんしょうでんしんしんとう》の達人の上に酷薄な性情で、手下たちをびしりびしりと取締り、稼ぎのいい組は褒美を出し、稼ぎの悪い組は夕餉《ゆうげ》さえ抜かすという罰の飴《あめ》と鞭《むち》を使い分けて、掏摸の稼ぎを競わせておりましたそうな。

さて、鎌倉河岸に近い金流しの親分といえば九代目宗五郎《そうごろう》親分にございます。そこに養子に入ったのが元松坂屋《まつざかや》の手代《てだい》の政次さんにございます。つい先日の、鎌倉河岸を挙げての祝言を覚えておられるお方もございましょう。ほら、そこの豊島屋さんの看板娘のしほさんを政次若親分が嫁にしたばかり、三日前には若夫婦揃《そろ》って挨拶《あいさつ》回りに向かう道すがら日本橋上で、朝尊寺一味の櫓下《やぐらした》のおかるらが仕事をしているところに出くわし、見事に手捕りなさいました。

だが、昨日のことだ。北町奉行所は若親分の見間違いということで、おかるを解き放ちになさいました。これで十代目の面子《メンツ》は丸潰《まるつぶ》れだ。

あやうし、金座裏の政次若親分、所帯をもった早々に大危難が降りかかりました！」

とかわら版屋が手にした竹棒で、
びしり
と片方の腕に抱えたかわら版の束を打ち、拍子をとった。

「だが、ご安心ください、鎌倉河岸の衆！　このおかる解き放ちには金座裏と北町奉行所の、おかるに朝尊寺一味の隠れ家まで案内させるという企《たくら》みが隠されてあったのでございます、というわけでご心配無用です」

「だれも案じてなどいませんよ」

「おや、豊島屋の大旦那、昨日はえらいおかんむりでしたがな」

「それを言いなさんな！」

「おかるは北町奉行所から放免されると、江戸橋下で待ち受けていた仲間の舟に乗り込み、大川を下ったのでございます。満を持して待っていた政次若親分に後見の宗五郎親分、北町奉行所にその人ありと謳《うた》われる寺坂《てらさか》毅一郎《いちろう》同心らが密《ひそ》かに二艘《そう》の舟を連ねて尾行し、越中島沖に舫《もや》われたぼろ帆船富士山丸が朝尊寺一味の隠れ家を兼ねた移動の足と突き止めたってわけにございます」

「ようやった、金座裏！」

　と清蔵が合いの手を入れ、

「さてさてこの後の捕り物の続きはこのかわら版に詳しく書いてございます。本日は金座裏と付き合いの深い鎌倉河岸の皆様には格別に一枚六文でお分け致しますぞ」

　とかわら版屋が取り囲んだ老若男女を見た。

「なんだい、そこまで喋《しゃべ》っておいてあとはかわら版で読めだと。かわら版は買うからよ、話を最後まで聞かせろ」

「八っつあん、ほんとに買ってくれますね」

「だれが八公だ、おれは皆川町の井助《いすけ》だ。買うから安心しろ」

「じゃあ、さわりだけもう少し」

「全部やれ！」

　再び細い竹棒で拍子を取りながら気合いを入れ直したかわら版屋が、

「富士山丸に政次若親分が飛び込んだとき、富士山丸は碇《いかり》を海底から抜いて帆を上げ、月明かりを頼りに江戸を逃れようとしておりましたそうな。そこへ政次若親分が銀のなえしを片手に、

『朝尊寺秋月一味、御用だ！』

と叫ぶと飛び込んだ。

だが、一方の朝尊寺秋月もさる者剛の者だ。平然として竹杖《たけづえ》に仕込んだ刃を抜き放ち、政次さんに躍りかかってきたそうです。

天真正伝神道流か、赤坂田町の神谷《かみや》道場仕込みの直心影《じきしんかげ》流か、激しい戦いになりましたが、さすがに神谷丈右衛門《じょうえもん》先生の直弟子《じきでし》の政次若親分のなえしが相手の動きを制した。

隙《すき》を見て発止《はっし》と直刀の平地《ひらじ》を叩《たた》きますと、あわれ、直刀が二つに折れて、さらに政次若親分に肩口を叩かれた朝尊寺はその場に両膝《ひざ》を屈したのでございます」

とかわら版の読み物の内容を聞いた船頭や馬方たちが、

「やっぱりな、政次さんには敵《かな》わないよ」

「金座裏の十代目だもの。江戸に出てきた田舎《いなか》者の悪党なんかが太刀打《たちう》ちできるものかね」

などと言い合いながら散っていこうとした。

「ちょ、ちょっと待ってくれ。皆の衆、かわら版は買わないのか」

「話は聞いたもの、読む手間が省けたぜ」

聞き耳を立てていた連中がかわら版屋の周りから散って消えた。

「くそっ、喋らせるだけ話させておいて」

「かわら版屋さん、災難でしたな」

「豊島屋の大旦那、もう少し買っておくれよ」

「うちは五枚で十分です。余所《よそ》でお稼ぎ」

と清蔵が店へと戻っていった。


その昼下がり、宗五郎が菊小僧《きくこぞう》を膝にして縁側で盆栽の松の上に散る光を見ていると、吟味方与力の今泉修太郎《いまいずみしゅうたろう》がおみつに案内されて姿を見せた。

「おや、今泉の若旦那、お珍しゅうございますね」

宗五郎が若旦那と呼びかけたのは父親の宥之進《ゆうのしん》と親しい交わりで、修太郎が生まれたときから承知だったからだ。与力は世間で、

「殿様」

と呼ばれても不思議はないが金座裏では親しみを込めて、旦那、若旦那と呼ぶ習慣があった。

「偶《たま》には金座裏に挨拶に顔出しせぬと親父《おやじ》が宗五郎はどうしておると煩《うるさ》く聞くものですからね」

と修太郎が笑い、おみつが出した座布団の上に腰を下ろした。

「いえね、お奉行が此度の宗匠一味の捕縛にえらく感激でございましてね、密かに探索を先行させていた南町の鼻を明かしたのがよほどうれしかったようです。城を下がってこられた小田切《おだぎり》様が、さすがに宗五郎の眼力に間違いはない、政次としほは立派に金座裏の大看板を継ぐにふさわしい若者たちであったわと与力同心が集まる御用部屋で申されたものですから、余計なこととは思いましたが知らせに上がった次第です」

「それはご苦労にございましたな」

と宗五郎が答え、

「ご隠居様は近頃どうしておられますな」

「縁側で日向ぼっこが仕事です」

「互いに老けこむには早いんだが、どうしたものかね」

と宗五郎が苦笑いで応じた。

「旦那に申し上げて下さいな。近々江戸湾に釣り船を出しませんかってね」

宥之進の道楽は川釣りと酒だった。宗五郎は偶には海釣りも気分が壮快になるのではと倅の修太郎に告げたのだ。

「海釣りか、よいな。私が行きたいくらいです」

「若旦那や政次には、ちょいと釣り道楽は早うございますよ」

「仕事をしろと金座裏は申されますか」

宗五郎が若い時分から宥之進に御用のいろはを厳しく叩き込まれたように、修太郎は九代目宗五郎から捕り物のこつや探索方を叩き込まれて、頭が上がらない存在だった。また若い与力の修太郎にとって、金座裏は一介の御用聞きではない。御用聞きの草分にして家光許しの金流しの十手《じって》の親分である、かように格別な存在だからつい言葉遣いも丁寧になった。

「あと二、三十年と御用を務めたあと、待ち受けているのが道楽ですよ」

と答えた宗五郎が、

「若旦那、本日はうちにお奉行の言葉を伝えに来られただけではなさそうですね」

「うちの親父とはさすがに違いますね。九代目は未《いま》だに現役だ、勘がさえております」

「若旦那、褒めてもなにも出ませんぜ」

と宗五郎が苦笑いし、なんですねという顔で修太郎を見た。

「御用ともいえない御用で金座裏に願うのは少々言い難《にく》い」

「うちと今泉家の仲ですぜ」

「やはり親分の言葉に甘えよう」

と修太郎が覚悟を決めたように話し出した。

「爺《じい》様の代から出入りの屋敷に寄合旗本米倉播磨守《よりあいはたもとよねくらはりまのかみ》様がございます」

「米倉左門《さもん》様は確か元飯田町近くに屋敷がございましたな」

「親分はうちの親父と一緒に米倉家の先代に会ったことがあるそうな」

「ございます」

宗五郎がまだ若かった時分、ちょいと米倉正勝《まさかつ》の頼みを聞いたことがあった。

「そうそう、正勝様は十七、八年も前に心臓《しんのぞう》の病で亡くなられましたな」

「その後を継いで、当代の左門様が米倉家のご当主であられる」

宗五郎は首肯《しゅこう》した。すると膝の上の菊小僧が起き上がって背を丸め、伸びをして膝から飛び降りた。それを黙然と見ていた修太郎が話を再開した。

「米倉家は不運なことに先々代以来の無役で左門様はなんとしても御乗出《おのりだし》をと、あちらこちらに手を尽くしてこられたのです。それが功を奏して此度、中奥《なかおく》小姓衆の推挙を内々に受けたそうです」

直参《じきさん》旗本の無役は三千石以上と以下で、寄合、小普請《こぶしん》に呼び分けられた。

寄合旗本が職に就く場合、御乗出と呼ばれ、小普請旗本が役に就く場合を御番入《ごばんいり》と称した。

ご時世柄、寄合席を抜けて御乗出を得るのは至難のことだ。米倉家には幸運であったろうが、金子《きんす》もだいぶ遣ったと想像された。

「中奥小姓は、小姓組番頭《ばんがしら》、書院番頭への出世の足がかり、ようございましたね」

「親分、一つだけ懸念がござってな。過日、左門様がそれがしを屋敷に呼んで内々の相談を受けたのです」

「米倉家の頼みにございましたか、御乗出に際してなんぞ差し障りがございますかえ」

「それがあるのだ。左門様には二男二女に恵まれ、嫡男《ちゃくなん》は当年とって十八、由良之助《ゆらのすけ》様と申される。一方、次男坊は与次郎《よじろう》様と言われて十六歳におなりになる。ちと此度の任官に差し障りになりそうなのが由良之助様の放蕩《ほうとう》なのだ、親分」

「十八歳で吉原なんぞに入り浸りですかえ」

「近頃、旗本の次男三男坊の部屋住みが派手ななりで花見や船遊び、ときには岡場所に繰り込んで遊興に耽《ふけ》るということが流行っておりますね。先にもお上では風紀引き締めの触れを出された」

「今年の花見にもあちらこちら部屋住みの連中がまるで歌舞伎役者のようななりで押し出しているそうですな」

旗本の嫡男は家督を継ぐことができた。だが、次男三男となると婿にでも行かないかぎり嫡男の下で部屋住みという名の、

「飼い殺し」

の生涯を過ごすことになった。先に望みのない連中が自暴自棄になり、遊興に耽る。この旗本の次男三男対策は幕府の頭痛のタネだった。

「由良之助様は継嗣《けいし》と仰《おっしゃ》いましたな」

「そうなのだ。米倉家にかぎっては次男の与次郎様がしっかり者で武術も学問も真面《まじ》目《め》に学ばれておられるそうな。ところが嫡男の由良之助様は米倉家が無役ということもあってか、十五、六の頃から屋敷を抜け出し、悪い仲間とひと通りの遊びをし尽くしてきたそうな。ただ今では自らが頭分になり、直参若衆奴組《やっこぐみ》なる徒党を組んで、今日は飛鳥山《あすかやま》、明日は墨堤《ぼくてい》の花見と繰り出してはあれこれと騒ぎを起こしているそうな。この由良之助様には妾上《めかけ》がりの年増《としま》女のおはつと申す女がついておるそうで、ようよう行方《ゆくえ》を探しあてた用人伊東喜作《いとうきさく》様が屋敷にお戻りをと白髪《しらが》頭を下げて願っても馬の耳に念仏、まったく聞く耳を持たれぬというのだ」

「困りましたな」

「屋敷内では由良之助様を廃嫡にして与次郎様を後継ぎにという声が上がっているそう、その一方で嫡男が家を継ぐのは当然という一派と屋敷内を二分して家督争いが勃《ぼっ》発《ぱっ》しそうとか。由良之助様の母御の菊乃《きくの》様は書院番頭水野《みずの》家の出にござってな、由良之助様を甘やかしたのはどうやら母御の菊乃様のようで、由良之助様の遊興の費用《かかり》も菊乃様が与えられてきたのです」

「よく耳にする話ですね」

宗五郎の返事に苦々しく頷いた修太郎が、

「それだけに菊乃様としては、なんとしても由良之助様を立ち直らせて米倉家を継がせたいと願っておられるそうな。かような事情を打ち明けられてなんとかならぬかと左門様から相談を受けたのだ、親分」

「厄介ですな」

今泉修太郎は町奉行所の与力とはいえ二百石高、お目見得《めみえ》以下の身分であり、時に不浄役人と蔑《さげす》まれることもあった。相手が三千七百石の直参旗本の嫡男となれば、いくら屋敷からの頼みとはいえ、

「町方役人風情がなにを申すか」

と一蹴《いっしゅう》されて終わることも考えられた。

だが、今泉家が米倉家の出入りであるかぎり、米倉家の頼みはなんとしても聞き入れなければならなかった。それも極秘の始末の付け方が要った。

「さてどうしたものか」

宗五郎はしばし煙管《キセル》を弄《もてあそ》びながら沈思《ちんし》した。

「左門様との相談の席には修太郎様と左門様の二人だけでしたかえ」

「いや、用人伊東喜作どのが同席なされた。今後の米倉家の窓口は伊東用人なのだ」

「最前、白髪頭と申されましたな、年寄りでございますか」

「うちの親父様と同じの年配ゆえ立派な年寄りです」

「若旦那、退屈しのぎに旦那の宥之進様に昔取った杵柄《きねづか》で一肌脱いでもらいましょうかね」

「金座裏の、親父はただの隠居だぞ」

「この話、若旦那より親父様、用人様、それにわっしの三人の年寄りで事にあたるのがよかろうと思いますが、いかがです」

「宗五郎親分の出馬は心強い。ですが、うちの親父様は足手《あしで》纏《まと》いになるだけだと思うがな」

と修太郎が首を傾《かし》げた。

「俗に三人寄れば文殊の知恵とか申しましょう。年寄りが額を寄せて知恵を絞れば、なにかいい考えが浮かぶかもしれませんや」

「親分、願ってよいか」

「へえ、明日にも用人さんをうちに呼んで下さいな。その足で八丁堀に有之進旦那を迎えに上がりますよ」

宗五郎の指図にどこかほっとした表情で修太郎が頷いた。

二

翌日、昼前のこと、大川河口で船頭彦四郎《ひこしろう》の猪牙舟《ちょきぶね》が漂い、三人の年寄りが釣り糸を垂れていた。

鉤《はり》の先に餌《えさ》は付けているのかいないのか、だれの竿《さお》にも獲物がかかる様子がないところをみると悠然と酒を飲みながらの舟遊びのようだ。傍らには弁当の包みも用意してあった。

だが、舟遊びとばかりは言い切れなかった。

むろん三人の顔ぶれとは隠居の今泉宥之進、米倉家の伊東喜作用人に金座裏の九代目の宗五郎で、米倉の嫡男由良之助を改心させる集《つど》いだった。

「金座裏、倅の話を聞いて、ほう、未だこの爺にもなんぞ役に立つことがあるかと喜んではみた。だがな、伊東用人から説明を聞けば聞くほど、由良之助様は心から遊びに溺《おぼ》れておられるように思える。金座裏の親分、そうそう簡単に仲間から抜けられる話ではないぞ」

「今泉の旦那が申されるとおり、なんぞ知恵を絞らねえといけませんな。第一直参若衆奴組を率いていられるのが由良之助様自らだ」

と答えた宗五郎が、

「ご用人、由良之助様はなぜ十五、六歳から放蕩にうつつを抜かすようになられたのでございますな」

うーむ
と伊東用人が唸《うな》った。

「それを申さねばならぬか」

「由良之助様が放蕩に走った理由があるならば当然それを承知していたほうが此度の一件には都合が宜しゅうございますよ」

「そうか、そうであろうな」

と自らを納得させるように答えた伊東用人が話し出した。

「奥方様の実家が御書院番頭水野様ということを金座裏の親分は承知かな」

「承《うけたまわ》っております」

うんと頷いた伊東用人が、

「今から三、四年も前、水野家の口利きにて町人の娘がわが米倉家に行儀見習いにて奉公にあがったのが由良之助様の放蕩の遠因かと思う。おれきと申してな、利発な上になかなか見目麗《みめうるわ》しい娘であった。年は由良之助様と同い年で、このおれきを由良之助様が殊のほか気に入られた様子で、実の姉妹のように馴染《なじ》まれた。おれきもまた由良之助様の申すことを素直に聞き入れたようで、端から見ていても仲睦《なかむつ》まじい兄と妹のようであったわ」

「ご用人、分かりましたぞ」

と釣り糸を垂らして独酌する今泉宥之進が口を挟んだ。

「いつしか二人の兄妹の間柄が淡い恋模様に変わったのですな」

「まあ、そう感じ取られた人もおりましょう。じゃが、そのような仲に発展する前に芽が摘まれた」

「米倉の殿様が二人の仲がこれ以上に進展するのを恐れられて、おれきを屋敷から密かに実家に帰させたのですな」

「いえ、それが殿様ではありません。奥方が心配なされたのです」

「奥方であったか」

伊東用人の答えに今泉の旦那が首肯《しゅこう》し、伊東がさらに説明した。

「おれきが消えたことを知った由良之助様は蔵の中に籠《こも》られて中から鍵《かぎ》をかけ、籠城《ろうじょう》するという騒ぎを引き起こされました。奥方が話しかけられようと女中が御膳《ごぜん》を運ぼうと全く返答がございません。そこで膳や水だけが蔵の前におかれて由良之助様の怒りが鎮まるのを待つことにしたのじゃ、ご両者」

「まだ若い身空《みそら》、腹を空《す》かせて蔵から出てこられたか」

伊東用人が首を横に振った。

「いたずらに時が過ぎていき、三、四日目の夜、水だけを飲まれた様子がございまして、われら一同、ほっと安堵《あんど》致した」

「おれきを呼び戻そうって話は屋敷内から出てきませんでしたか」

「親分、われら奉公人一同は、それがただ一つの解決策と思うておりました。由良之助様もご気性は頑固ですが、事を分けてお話しになれば聞きわけがないお方ではございません。おれきを屋敷に戻せば、由良之助様のご機嫌もすぐに直りましょうと」

ここでふーむと伊東用人が溜息《ためいき》を吐《つ》いた。

「殿様は奉公人の考えにそれも一つの方策かと賛意を示されましたが菊乃様ががんとして聞き入れられませんでした。それればかりか、菊乃様自ら蔵の前に出向き、これ、由良之助、武家と町人では身分が違う。則《のり》を越えてはならぬことがあると、米倉家のためにおれきを当家に戻すことはないと宣言なされました。数日後、由良之助様自ら蔵から出て参られました」

「菊乃様のお諭《さと》しを素直に聞きいれられたのかのう」

と今泉宥之進が呟《つぶや》いた。

「そうではなかったのじゃ、今泉の隠居」

「どういうことで」

「ともかく、蔵から出てこられた由良之助様は別人に変わっておりましたな、口を一切利かれぬのです。菊乃様にも殿にも実に素直だった若様が急に扱い難いお子に変わっておられました。屋敷じゅうで腫物《はれもの》でもあつかうような日々が数か月続いた後、金子を持ち出して屋敷から抜け出されたのです、何日も屋敷を空けられました。そして、ふらりと戻ってこられた。殿様と奥方様が厳しくも言い聞かせられましたが、由良之助様は一言も言葉を発せられませぬ。殿様が憤慨なされて、頭を冷やせと蔵に幽閉なされました。じゃが、嫡男をいつまでも屋敷内に監禁することもならず、蔵から放免なされた夜に由良之助様はまた家出をなされました。家出、帰宅、折檻《せっかん》の繰り返しでだれもが由良之助様をどう扱えばよいかほとほと困惑しておりました。そんな折」

「なんぞ起こりましたかな」

今泉宥之進が伊東用人を振り見た。

「由良之助様が遊んだという金子の取り立てに品川宿の女郎屋から男が参ったのじゃ。あとから考えればその三十七両を支払わなければよかったかと思う。じゃが、菊乃様が体面を考えられて、いいなりの金子を払われた。それで味を占められたか、由良之助様の家出の最中にも内藤新宿やら深川やら、そのうち官許の遊里、吉原からもツケ馬が屋敷に姿を見せるようになったのじゃ」

宗五郎はしばし思案してさらに聞いた。

「ご用人、それが十四か十五歳のころだとすると、たれぞ大人の指南役がいて、手解《てほど》きしないかぎり独りじゃあ岡場所に出入りできますまい」

「由良之助様は元々四書五経を学ぶより剣術がお好きでな、幼少のみぎりより半蔵御門外の隼《はやぶさ》町、伯耆《ほうき》流片山周防《かたやますおう》道場に通いなされて、若いがなかなかの腕前なのだ」

と伊東用人が自慢げに言った。

「放蕩に走ったのちも片山道場にだけは時々通われておられましたそうな。その道場の宮部嘉門《みやべかもん》と申す兄弟子が遊びの指南役を務めておったと聞いておる。ただ今も由良之助様の後見役で行動を共にしておるそうな」

「おれきとはその後、由良之助様はお会いになったことはないのでございましょうかな」

「はて、それはどうかな。第一由良之助様はおれきの実家を存じまい」

と伊東用人の返事は呑気《のんき》なものだった。

「おれきの実家はどちらにございますな」

「牛込改代町《うしごめかいだいちょう》の菓子舗蓬屋《よもぎや》と聞いたがのう。はっきりしたことは奥方様に聞かねと分からぬ」

「牛込改代町などという町名があったか」

宥之進が呟き、宗五郎も直《す》ぐに思い当たらなかった。三人の会話を黙念と聞くともなしに聞いていた彦四郎が、

「親分、小日向《こびなた》村近くでよ、江戸川の石切橋の傍らだ」

と教えた。

「さすがに船頭だな。流れの傍の町には詳しいや」

と褒めると、

「用人さん、由良之助様はただ今も屋敷の外に出ておられるのですね」

「この半月余り、屋敷にお戻りがない」

「どこにおられるか、行く先は掴《つか》んでおられるので」

「それが皆目見当も付かぬのだ。女中どもに言わせると肌襦袢《はだジュバン》には白粉《おしろい》の匂《にお》いが残っているそうで、女のところにいることだけは確からしい」

「手がかりは隼町の片山道場と、牛込改代町のおれきの実家の二つに一つか」

「親分、どちらに向けるね」

「こういうことは男に聞くより女に聞いたほうが早かろうぜ。どうだ、彦四郎」

「親分、おれは金座裏の手先じゃねえ。素人《しろうと》考えだが、まずおれきを当たるのが先だな」

宗五郎が竿を上げると釣り糸を巻いた。すると伊東用人も今泉の隠居も釣り糸を海中から引き揚げると竿を舟底に寝かせた。

「金座裏、餅《もち》は餅屋と申すがのう、見当違いということはないか。おれきがなにか知っているとは思えぬがのう」

「用人さん、どうしてそう思われますな」

「菊乃様が水野の実家から連れてこられた老女におさんと申す者がおるが、菊乃様はおさんをおれきの下に遣わされたのだ。そして、由良之助様から連絡はあるかないか厳しく問い合わされたのだ。おれきの返答は実にはっきりとしたものでな、由良之助様に屋敷奉公を辞して以来、一度たりとも会ったことはないと答えられたそうな」

「老女どのがおれきの下に遣わされたのはいつのことでございます」

「つい三か月も前にもおさんは出かけたな。おれきはおさんに私は奉公を辞めさせられた人間、この話、迷惑にございますとはっきりと答えたそうな」

伊東用人の答えを聞いた宗五郎は彦四郎に、

「やっぱり石切橋に舟を向けてくれまいか」

と命じ、彦四郎が合点だと答えると猪牙舟は大川へと漕ぎ上がっていった。

この日、江戸は初夏を思わせる陽気だった。

船頭の彦四郎も首に手拭《てぬぐ》いをかけ、菅笠《すげがさ》を被《かぶ》っていた。

今泉宥之進は古びた塗笠をかぶり、伊東用人も一文字笠で頭を守っていた。

「親分、客が忘れていった編笠があるが使うかえ」

彦四郎が宗五郎の小さく纏《まと》めた髷《まげ》に散る日差しを気にした。

「日差しは強いが川風が気持ちいい、このままいこうか」

彦四郎の櫓捌《ろさば》きはゆったりとしているようで、六尺（約百八十二センチ）を超える長身が大きくしなって操られる櫓が生み出す推進力は二丁櫓に匹敵して、すいすいと流れに逆らい、永代橋《えいたい》、新大橋、両国橋を潜《くぐ》り、神田川へと入っていった。すると川面《かわも》を花筏《はないかだ》が埋めて、その上を強い日差しが落ちて眩《まぶ》しいほどだった。

「金座裏の親分、十代目が決まってよかったな」

と不意に今泉の隠居が言い出した。

「旦那も祝言にお呼びしたかったが、なにしろ招客は大勢で座敷にはかぎりがあります。修太郎様お一人になって旦那には申し訳ないことをした」

「そんなつもりで話を持ち出したのではないわ。南北両奉行が呼ばれた席に隠居が面だしできるものか。修太郎から祝言の様子を聞いて、心からほっとした、それを伝えたかっただけだ」

「そうそう、噂《うわさ》に聞いた。金座裏には後継ぎがいなかったそうな、それを古町町人《こまち》らがひと肌脱いで、立派な婿と嫁がきたそうだな」

と伊東用人も今泉の隠居の話に乗ってきた。

「へえ、お陰様で三国一の花婿と花嫁が金座裏に入りましてな、九代目で終わりかと思うていた御用聞きの看板を下ろすことなく済みました」

「そなたの家系はただの御用聞きではないでな、公方《くぼう》様お許しの金流しの御用聞き、そうそう簡単に途絶えさせるわけにはいくまい」

「一時はわっしもあの世に行って、八代のご先祖にどう詫びようかと思案もし、覚悟もしましたがねえ、なんとかこれで言い訳をせずに済みますよ」

「うちもな、殿様が御乗出の折、なんとしても由良之助様に素行を改めてもらい、御役を引き継いでもらってさらに出世をと望んだものだ」

と伊東用人が胸の願いを正直にさらけ出した。

神田川の土手の桜は花がわずかに散り残り、その代わり、新しい葉が生じて舟の三人の目に眩しく映った。

柳原土手を一気に遡《さかのぼ》り、聖堂と昌平坂《しょうへいざか》学問所の甍《いらか》を水上からわずかに眺めて上水道を潜ると急に辺りが開けた。両岸の土手が低くなり、神田川の南岸の土手がなだらかに広がっているせいだ。

彦四郎の漕ぐ猪牙舟は、里の人がどんどんとよぶ船河原《ふなかわら》橋を抜けて、龍慶《りゅうけい》橋、中橋を潜っていくと、長さ八間幅二間一尺ほどの石切橋に辿《たど》りついた。

「今泉の隠居、伊東様、まずわっしがおれきの実家を覗《のぞ》いて参りましょう。その様子で由良之助様がおれきと会っておるか、あるいはおれきが由良之助様の居場所を承知かくらい、推察がつきましょう」

「われらは船中で待てばよいか」

と伊東用人がどこかつまらなそうな顔をした。

「わっしら年寄り三人が雁首揃《がんくびそろ》えていけばおれきも家族も警戒致しましょう。ここはひとつ、わっしにお任せ願えますか」

と宗五郎が願い、

「彦四郎、ちょうど昼時分だ。今泉の旦那と伊東様に弁当を供して、おめえも腹ごしらえしておきな」

「親分、承知した」

と彦四郎が心得顔に頷いた。

宗五郎が猪牙舟からひょいと土手に飛び上がると、羽織の裾《すそ》が翻《ひるがえ》って金流しの十手の棒身の先端が覗いて、きらりと光った。

おれきの実家の菓子舗の蓬屋は牛込改代町と牛込水道町の辻《つじ》にあった。

間口《まぐち》はそう広くはないが辻に面して、こぎれいな店だった。店の西側から疎水が流れてきて蓬屋の前に設置された小さな水車を回転させ、
かたこと

という眠気を誘うような音が長閑《のどか》にも響いていた。

「ご免よ」

と宗五郎が敷居を跨《また》ぐと店の一角から、

「はい」

と返事がして色白の娘が立ち上がった。姉様かぶりの下のきらきらとした瞳《ひとみ》が聡明《そうめい》なことをしめす、整った顔立ちの娘だった。

「おれきかえ」

「はい」

おれきが宗五郎の風体をいぶかしんで見た。

「わっしは金座裏でお上の御用を預かる宗五郎というもんだ」

「金流しの親分さんにございますか」

「世間でそう呼ばれることもある」

「その親分さんがなにか御用にございますか」

「米倉由良之助様のことだ」

「私、由良之助様のことはなにも存じません」

とおれきは打てば響くように言葉を返してきた。

「おさんとかいう老女がこちらを訪ねてきたようだな」

「おさん様にも同じことを申し上げました」

店の奥から小豆《あずき》でも煮ているような匂いが漂ってきた。

「その上、御用聞きのおれがなぜまた面を出したか、こちらの事情を一切合財話しておこうか。聞いてくれまいか」

おれきはじいっと宗五郎の顔を見ていたが、こくりと頷いた。

宗五郎は米倉家が直面している御乗出、役職に就くにあたって嫡男の由良之助の放蕩が大きな障害になるやもしれぬことをおれきに話した。

「おれき、米倉様としてはこれまで由良之助様の放蕩を黙って見過ごしてきたについちゃ、おまえさんに対しての無体があったと後ろめたい気持ちがあってのことだ。由良之助様も米倉の殿様と奥方様が無下におまえの奉公を解いたことに憤慨して蔵に籠られ、ついには放蕩に走るきっかけになったのだろうと、おれは見ている」

「由良之助様が蔵にお籠りになったのですか」

「食事も水も摂らずにな。おさんは言わなかったか」

いえ、とおれきが首を横に振った。

「今少し米倉家に気持ちの余裕があって、若い二人の付き合いを見守っていたらこのような事態にならなかったのは確かなことだ」

「親分さん、お言葉ですが少しばかり違うと思います」

「ほう、どこが違うえ」

「おれきはあのころ、ほんとうに幼うございました。奉公がどういうものかきちんとわかっておりませんでしたし、お武家様と町人に身分の違いがあることもあまり感じておりませんでした。と申しますのも、親分さん、この界隈《かいわい》は見て頂きますとお分かりのように、御家人《ごけにん》の武家地や長屋住まいの大縄地に囲まれております。どこの屋敷も内職をし、庭では野菜を作り、その子弟と私たち町人の子とは、なんのわけ隔てなく一緒に祭りを楽しみ、遊んで参りました。おれきが米倉家に奉公に出たとき、十四と七月《ななつき》にございまして、直参旗本米倉家もこの界隈の御家人さんの家とそう変わりあるまいと思うていたのでございます。由良之助様にも若様としてお仕《つか》えすべきであったかもしれません。ですが、つい甘えてしまいました。その気持ちが由良之助様にも伝わったのかもしれません」

「おれき、おめえは由良之助様を友達くらいにしか思ってなかったというのかえ」

「ご家来衆や女中衆にとって由良之助様は若様でした。私のような接し方が目新しかったのか、由良之助様がおれきに安心なさったのかもしれません」

「それだけの感情だったと言い切れるか」

おれきは宗五郎をじいっと正視して、こっくりと頷いた。

「最後に聞こう。おれき、由良之助様がどこにおるか承知していないのだな」

「存じませぬ」

「奉公を辞して以来会ったことはない」

「ございません」

とおれきがはっきりと言い切った。

三

牛込改代町界隈に初夏のような陽気を呈した春の一日の終わりがやってきた。小日向村の方角に大きな日輪が、
すとん
と落ちた。すると辺りは暖かな陽気が一転し、春の寒さが戻ってきた。
彦四郎は蓬屋の雨戸が閉められるのを御家人屋敷の傾いた門の傍らから見ていた。
おれきの親父か、雨戸を一枚だけ残して閉めると、店の前の溝に厚板を落として疎水の流れを変えた。すると、

かたんことん
と音を響かせて回っていた小さな水車が動きを止めた。それが菓子舗蓬屋の一日の締め括りの日課らしい。

白髪交じりの親父は動きを停止した水車をしばらく黙然と眺めていたが、一枚だけ開けてある雨戸から店に入った。だが、雨戸は直ぐに閉じられることはなかった。

若い女がちらりと戸の陰から顔を覗かせて引っ込めた。

（おや、親分の勘があたったかな）

と彦四郎は考えながら、暮れなずむ時の流れに身を委《ゆだ》ねていた。

しゃがみ込む彦四郎の姿は大きな野地蔵のように見えた。

御家人屋敷の門内から内職の物音が消えたと思ったら、夕餉の煮炊きの匂いが流れてきた。子供の騒ぐ声は小者らが住む長屋からか。

彦四郎はふと猪牙舟の三人を思った。

宗五郎が舟に戻って、おれきとの会話の様子を報告したのは一刻半（三時間）以上も前のことだ。

「やはり無駄であったか」

と伊東用人が呟いた。

宗五郎の視線が酒にいささか酔った今泉宥之進に向けられた。

「旦那はどう思われます」

「おかしいな」

「やはりおかしゅうございますか」

二人の会話を聞いた伊東用人が、

「おかしいもなにも、おれきの返答は首尾一貫しておるわ」

と言い返した。

「へえ、あまりにも返事が潔いところがね、気にかかりますので。利口な娘とは見受けましたがまだ十七、八にございましょ。どことなく由良之助様の身を庇《かば》うような態度と思えないこともない。ここはもう少しねばってみましょうかね」

宗五郎の考えを聞いた彦四郎が、

「親分、蓬屋をおれが見張っていよう」

と猪牙舟から土手に飛んだ。

なにしろ伊東用人も宗五郎もおれきに身許《みもと》を知られていたし、今泉の旦那のほうはほろ酔いであった。となると船頭の彦四郎しか残されていない。なにより数多くの金座裏の捕り物に同行して尾行や見張りのこつを承知していた。下手な手先より気転も利いた。

「頼もう」

と宗五郎が応じて、彦四郎が蓬屋の見張りに就いたというわけだ。

さらに辺りの夕闇《ゆうやみ》に一はけ暗さが描き加えられたとき、雨戸の奥から余所着に着かえたおれきが、ふわりと姿を見せた。

「やっぱり金座裏の九代目の勘はだてじゃねえぜ」

呟きを御家人屋敷の門前に残した彦四郎はゆらりと立ち上がり、尾行を開始した。

おれきはすでに彦四郎の視界から江戸川の方角に姿を消していた。

彦四郎が後を追うと半丁（約五十メートル）前をまだ娘から女へとなりきれない体付きのおれきが歩いていく。

石切橋を渡るか、渡らないか。

彦四郎にとって頭を悩ますことだった。おれきが江戸川を離れて進むようだと猪牙舟は無用の長物、別行することになる。尾行を宗五郎と交代することになろうが、その時は今泉の旦那と伊東用人を猪牙に乗せて金座裏に戻るしか手はないかと彦四郎があれこれと思案しながら、おれきを追っていくと橋の手前で東に折れた。

「しめた」

猪牙舟であとをどこまで尾行できるか、彦四郎は歩を速めた。すると土手下から宗五郎が姿を見せて、

「動きやがったな」

と彦四郎に言いながら、

「彦四郎、おれが代わろう。年寄り二人はすでに出来あがっちまっている。おれきとおれの姿を見失ったならば、先に金座裏に戻っていねえ」

彦四郎が考えていた思案と同じことを宗五郎が言い残して、おれきの跡を追跡し始めた。

彦四郎が橋際に舫《もや》われた猪牙舟に戻ると今泉の隠居は茶碗を片手にこくりこくりと居眠りして、伊東用人は胴の間に敷いた座布団を枕《まくら》にぐっすりと眠り込んで、鼾《いびき》が高く低く辺りに響いていた。

「これじゃあ、探索もなにもあったものじゃねえや」

彦四郎が苦笑いし、猪牙舟の舫い綱を外していると江戸川の上流から仕事帰りの舟がすうっと姿を見せて、下流へと先行していった。舳先《へさき》に立てられた棒の先に提灯《ちょうちん》がぶら下げられて、

「石長」

の二文字がかろうじて読めた。この上流に石屋があるのか、そこの荷船なのだろうか。

彦四郎も石長の船を追うように猪牙舟を流れに乗せた。

石長の船の明かりは半丁ほど前を先行していた。

彦四郎は土手上を見上げたが、おれきの姿も宗五郎の影も闇に溶け込んで見分けることはできなかった。

猪牙は流れに乗ってゆっくりと船河原橋へと下っていった。石切橋から五、六丁も進んだか、闇から娘の声が響いてきた。

「芳《よし》さん、乗せてくれないか」

「おれき坊、こんな刻限にお出かけか」

「親父様の用事なの」

彦四郎は、棹を使って猪牙舟の舟足をゆるめた。

前方の提灯が揺れて、おれきの影が土手から石長の船に飛び移り、再び石長の船は動き出した。

彦四郎もゆっくりと猪牙を流していく。すると闇の土手から、

ふわり

と影が飛んで宗五郎が猪牙舟に戻ってきた。

「おれきは石長の船がこの刻限通りかかることを承知で家を出たようだな」

「親分、おれもそう思うぜ」

どたり
と音がして今泉の隠居の体が後ろにくずおれて鼾を掻《か》き始めた。すると二つの鼾が競い合いを始めた。

「年寄り三人組でなんとかなると思うたが、彦四郎、隠居仕事には探索はちょいと無理だったかな」

「親分、それも分かった上で今泉の隠居様を誘われたんでございましょ」

「まあな」

と宗五郎が苦笑いをした。

どんどんを潜り、神田川に出た石長の舟は、水道橋へと下り始めた。闇を利して彦四郎が石長との間合いを詰めた。無灯火の上に棹さばきが巧みな彦四郎ならではの技だ。

石長の職人の芳さんがおれきに問う声が宗五郎と彦四郎の耳に聞こえてきた。

「お父っつあんの用事だというが、この刻限から娘ひとりでどこへ出かける気だ」

声の感じからして、芳さんの年齢は四十過ぎだと推測された。

「芳さんは石置場に戻るの」

「おお、明日の朝早くに水戸様の石置場から荷を積んで神田川をまた小日向村まで舞い戻りだ」

　と芳さんが応じていた。

「おれき坊、どこで下ろせばいいんだ」

「浅草御門までお願い」

「通り道だからなんってことはねえが一人で大丈夫かえ」

「芳さん、浅草奥山って蔵前通りをまっすぐに北に向かえばいいのよね」

「なに、おれき坊は奥山に行く気か」

　芳さんの声に不安が漂っていた。

「お父っつあんが心配すると思うがね」

「お父っつあんも承知のことよ。それに知り合いを訪ねてのことだから大丈夫なの」

　とおれきが答えていた。

「おれき坊、浅草奥山は浅草寺《せんそうじ》の裏手に広がる一帯だが、なかなか広いぜ。訪ね先が直ぐに見つかるかねえ」

「そのときは南馬道《うまみち》の閻魔《えんま》の達五郎《たつごろう》親分を訪ねるわ」

「閻魔だなんて何者だ、おれき坊」

「知り合いがお世話になっている親分さん」

とおれきが答えると、

「芳さん、お父っつあんに黙っていてね、絶対大丈夫なことだから」

とこの話題を封印するように答えていた。それでも芳さんはおれきをあれこれと説得しようとしたが、説得が功を奏する前に浅草御門下に石長の船は到着しようとした。

「彦四郎、今の話、聞いたな」

宗五郎が囁《ささや》いた。

「しっかりと聞いたぜ」

「おれはおれきを追う。おめえは年寄り二人を乗せて金座裏に戻りねえ、最前の話を政次に伝えてくれ。あとは政次が判断しようじゃないか」

「分かった」

すでに石長の石積み船は船着場に寄せられて、

「芳さん、有難う。恩にきるわ」

「おれき坊、無理をするんじゃねえぜ」

と会話があっておれきは浅草蔵前通りへと石段を上がり、石長の船は柳橋へと向かった。

彦四郎の猪牙舟がおれきが下りた船着場に着くと、むっくり今泉宥之進が身を起こして、

「金座裏、冷たいではないか。一人だけで探索を続けるつもりか」

「おや、起きておられましたかえ。隠居様は眠り込んでおられると思うたものでね」

「探索は昔から夜討ち朝駆けと決まったものじゃぞ、昼間は英気を養うていただけだ」

「伊東様はどうなさいます」

伊東用人は高鼾で未だ眠り込んでいた。

「用人どのは探索に慣れておられぬゆえ屋敷に戻そうか」

と今泉宥之進が決断し、宗五郎と宥之進の二人が浅草蔵前通りに上がった。だが、どこにもおれきの姿はない。

「しまった。ちょいと手間どった隙に見失ったか」

「宗五郎、娘の行き先は分かるまいな」

「どうやら浅草奥山のようでございましてね」

「奥山だと。よし、ならば急げば娘の足だ、追いつこう」

と今泉は袷《あわせ》の上に袖《そで》なしを羽織った腰に脇差《わきざし》を差した姿で尻端折《しりはしより》をしようとした。

宗五郎はそのとき、おれきが浅草芳町の閉じられた小間物屋の軒下に立ち、迷う風情を見せている姿を認めた。

宗五郎は駆け出そうとする隠居の袖を引いて止めた。

「あの娘がおれきか」

「へえ」

宗五郎が小さな声で応じたとき、おれきが最後の決断をしたように浅草蔵前通りを北に向かって歩き出した。そして、宗五郎と今泉の隠居の二人が間を置いて尾行していった。

半刻後、おれきが浅草寺雷御門の大提灯の下を通り抜けた。

おれきは胸の前に両腕を組むかっこうでひたすら浅草寺本堂裏の奥山を目指していた。

「親分、おれきは奥山のどこを訪ねようとしておるのか」

「隠居、それは分かっておりません。だが、間違いなくおれきは由良之助様に米倉家の御乗出の事実を告げようとしていると思いませんかえ」

「親分、そこまで話したか」

「すべて真実を話さなければ、おれきは行動に移りませんでしたよ」

「米倉家にも義理立てしておると申すか」

「義理立てというより恩義を感じておるのでしょうね。長年無役の米倉家が御役に就くのでございますよ、賢いおれきは米倉家の喜びが理解できるのです。そしてその喜びを今の由良之助様の行状が壊しかねないことを案じておるのではございますまいか」

「由良之助様を説得にいっておるのか」

「そうとでも考えないかぎり、娘一人がどこにあるかも知らない浅草奥山くんだりに出向くとは思えませんや」

ふーむ、と宥之進が嘆息したとき、おれきの前に数人の遊び人が立ち塞《ふさ》がっていた。

「土地の娘じゃねえな。愛らしい顔をしているが、まだ小便臭いぜ」

「おれたちと付き合えば、ひと皮むけたいい女になるがよう」

「ちょいと時間を貸してくれまいか」

とおれきの手を強引に摑んで仲見世《なかみせ》裏の暗がりに引き摺《ず》り込もうとした。

宥之助が脇差の柄《つか》に手をかけて助けに走ろうとするのを宗五郎が止めた。

「あら、私にちょっかいを出してただで済むと思うの」

「なんだ。この娘、居直りやがったぜ、兄い」

と一人が兄貴分を見た。

「ただで済む済まないはおれたちが決めることだぜ」

「私が訪ねる先を聞いてもそう言える」

「おめえが訪ねる先だと」

「南馬道の閻魔の達五郎は、私の叔父《おじ》だけど。それが分かった上で誘おうというの」

おれきの声はあくまで落ち着いていた。

「閻魔の親分の姪《めい》っこだって」

応ずる声に狼狽《ろうばい》があった。

「兄さん方の名前を聞いておくわ」

「ちょ、ちょっと待ってくんねえ。浅草界隈じゃあ、愛らしい娘に誘いを掛けるのは男の礼儀みたいなものだ、許してくんねえ」

と兄貴分が言うと、すうっと仲見世裏の路地に消えようとした。

「待って」

とおれきが引き止めた。

「達五郎叔父の賭場《とば》が奥山にあるわね」

「そりゃ、閻魔の親分は浅草寺界隈が縄張りだからな」

「私をそこまで案内して」

「親分に告げ口する気か、娘さん」

「そんな野暮はしないわ。叔父にちょいと急ぎの用事があるの。あんたたちも達五郎に顔を売るいい機会じゃないの」

「口を利いてくれるというのか」

「あんたたち次第よ」

「娘さん、名はなんと言いなさる」

「おれき」

「おれきさん、閻魔の達五郎親分の賭場は一見《いちげん》の客やおれっちのような駆け出しには入れない、格別な賭場なんだよ。だから案内はその前までだ、付いてきな」

　と遊び人らはおれきの口車に乗せられて賭場への道案内に立った。

「金座裏の、今の若い女は大した度胸じゃのう」

　と北町奉行所の元敏腕吟味方与力が感嘆した。

　浅草寺拝領地はおよそ十一万四千五百余坪に及び、観音堂の真裏が里人に、

「奥山」

と呼びならわされる界隈で芝居小屋、見世物小屋、水茶屋、食べ物屋、楊弓場《ようきゅうば》などが無数並んで、日中ならば大道芸人が芸を競い合い、大勢の見物人が押し掛けていた。

三人の遊び人がおれきを案内したのは奥山に接した妙義権現《みょうぎごんげん》の社務所と思《おぼ》しき門前だった。そこには浅草寺の寺男《てらおとこ》二人が六尺棒を小脇に構えて立哨《りっしょう》していた。

「姉さん、ここだぜ」

と兄貴分が門から十間も離れた場所で指差した。

閻魔の達五郎の賭場は浅草寺の暗黙の了解の下に開かれているのだ。

胴元は閻魔の達五郎だが、かなりの寺銭《てらせん》が浅草寺に支払われているのだろう。お目《め》零《こぼ》し料金が寺社方《じしゃかた》に回っているのは確かだった。さすがの金座裏の宗五郎も手出しができない領域だった。

「ちょっと待っていて」

と遊び人に言い残したおれきは寺男の門番に歩み寄り、何事か囁いた。

「大した娘だ」

とまた今泉の隠居が感心した。

四

宗五郎はおれきを見ていた。最前までの迷っていた様子はどこにもなく、決心した者が見せる一途《いちず》さが細身の体から漂っていた。それはなんとしても由良之助を真人間に立ち直らせてみせるという覚悟であろうと推測された。

「金座裏」

と今泉宥之進が宗五郎に囁いた。

妙義権現の境内から若侍が姿を見せた。まだ前髪を残した十六、七の若衆だ。

「由良之助様にございますかな」

宥之進は、じいっと門の下でおれきと話す小柄な若衆を見ていたが、

「最後に見たのは三年ほど前じゃが、ちと違うようだ」

と今一つ自信が持てないようだった。

宗五郎はおれきの態度を見て、由良之助ではなく、その仲間だろうと推測をつけた。

不意におれきが案内をさせた遊び人を振り返った。

「兄さん方、賭場に入れるのは私だけだって。道案内させただけでご免ね」

と門から十間ほど離れた暗がりに佇《たたず》んでいた遊び人三人に言うと若衆に従い、妙義

権現の中へと消えた。

　はぐらかされた三人は宗五郎らが潜むほうへと戻りながら、

「ちえっ、あの娘、ちゃっかりしてやがる」

「兄き、閻魔の達五郎親分の姪だなんて嘘《うそ》っぱちだぜ」

「嘘だろうとなんだろうと閻魔の賭場に乗り込むわけにもいくめえ」

　と三人がぼやき合った。

　その三人の前に宗五郎がすうっと歩み寄った。

「兄さん、無駄働きをしなすったね」

「なんだい、てめえは」

「てっとり早く言おう。わっしは金座裏の宗五郎だ」

「金流しの親分だって」

　宗五郎は背の帯に斜めに差し込んだ金流しの十手を抜くと、三人にちらりと見せた。

「あの娘を追ってきたのだが、まさか浅草奥山の妙義権現の境内に潜り込むとは考えもしなかった。おめえらは土地の若い衆と見た、この奥山をとくと承知だろう。どうだ、酒代を稼がないかえ」

　と宗五郎が金流しの十手を背に差し戻し、財布から一分金を取り出すと三人の前に

差し出した。兄貴分が宗五郎の小粒と顔を交互に見て、

「なにをしろというのだ」

と問い直した。

「妙義権現の賭場に潜り込みてえのさ。どこぞに仁王様のように大きな門番のいねえ裏口でもないかえ」

「そいつを教えれば一分くれるんだな」

「おれきじゃねえ、ただ働きはさせないぜ」

宗五郎が小粒を兄貴分の手に渡した。そいつをぽーんと軽く虚空に放り投げて再び掌で受け取った兄貴分が、

「親分、こっちにきな」

と赤く塗られた高塀に囲まれた妙義権現社の西側に案内した。こちらも高塀が張り巡らされていたが、その真ん中あたりで遊び人の三人が足を止め、

「親分、塀の下は溝《どぶ》でよ、水は流れてねえ。這《は》いつくばれば境内に潜り込めるぜ」

と教えた。

「恩に着るぜ、兄い」

宗五郎が今泉の隠居を振り返った。

「野良猫みたいな真似をせねばならぬか」

「米倉家のためですよ」

「致し方ないか」

と宥之進が尻端折をした。その様子を見ていた兄貴分が、

「おれきって娘、閻魔の達五郎の親分の姪なんかじゃねえな」

と聞いてきた。

「あの娘はこの隠居の孫娘だ。幼い頃から賭場が大好きな放蕩娘でな、爺様が今晩こそ改心をと出張ってこられたんだ。爺様は、これで剣術の達人でな、おれきと一緒に折檻されかねないぜ」

と虚言を弄した宗五郎が、お先にと隠居の宥之進に声を残して空《から》の溝にしゃがみ込み、這いずって赤い塀の下を通り抜けた。

その後を宥之進が従ってきた。

宗五郎らが溝から這い上がると妙義権現の拝殿の後ろにいることが分かった。そして、賭場の勝負のたびに起こるどよめきが宗五郎と宥之進のいる拝殿後ろの狭い庭まで伝わってきた。

「なかなかの賭場のようだな」

吟味方与力の昔を思い出したか、宥之進が賭場から伝わってくるどよめきとも虚脱ともつかぬ空気を読んで呟いた。

「この界隈の大店《おおだな》の主や番頭、坊主、鳶《とび》の頭連中を集めての賭場のようですね。妙義権現を堂々と賭場に使う以上、その筋には鼻薬が十分に嗅《か》がせてございましょう。まあ、一夜にして胴元の閻魔の達五郎の懐には百何両と寺銭が入り込む勘定でございますかね」

「金座裏、ともかく寺社方の縄張りだぞ。われら二人で賭場に乗り込むわけにもいくまい、どうしたものかのう」

と宥之進が言い出した。

「さて、それでございますよ」

と宗五郎が答えたとき、拝殿を取り巻く回廊に人の気配がした。

「おれき、ほんとうに賭場までやってきたのか」

という声がして由良之助と思しき人物とおれきが宗五郎の視界に入ってきた。

宗五郎と今泉宥之進は慌てて、元の溝に飛び込み、身を低くした。

「由良之助様、お屋敷が大変なときです。由良之助様もそろそろ目を覚まされてお屋敷にお戻り下さい」

由良之助は六尺近い長身であったが、どこか体付きに少年の未熟さを残していた。幼い顔付きと前髪立てと長身が醸し出す奇妙な均衡だった。

「大変とはなんだ」

「父上様が寄合を抜けられてお役に就かれるのです」

ほう、と投げやりの返事をした由良之助が、

「御城の役人になってへいこらするためにどれほどの金子をこれまで浪費したか。うちにはそんな余裕はないからな、母上の実家からの援助だぜ。情けねえったらありゃしねえ」

「それもこれも由良之助様のお為《ため》に恥を忍んでこられたのです」

「そうかねえ、母上の体面がそうさせたんじゃねえのかい。おれき、そなたを屋敷から放り出したのも大身《たいしん》旗本の嫡男が町人の娘と対等に付き合うなんて心得違いも甚《はなは》だしいという母上のお考えからだろうが。貧乏旗本が体面だ、身分だとぬかすのには辟《へき》易《えき》した」

「由良之助様」

とおれきの口調が険しく変わった。

「だからといって由良之助様が屋敷を飛び出して賭場などに出入りし、やくざ者と付

き合うのは感心致しません。由良之助様は近々十九歳を迎えられます、もう立派な大人です。いつまでも前髪立てはおかしゅうございます」

「元服しろって申すか、おれき」

「いつまでも子供の遊びを続けていてはなりませぬ」

「屋敷に戻ってなんの楽しみがある」

「大人になるには我慢も必要です」

「おれき、面白おかしく過ごす渡世もあるぜ」

「いえ、それは直参旗本の嫡男が申される言葉ではありません。お武家様方が将軍様から拝領屋敷と禄《ろく》を頂戴《ちょうだい》しているのは、万が一のときに命を投げ打つ覚悟に対してにございます、このお江戸を守るためにございます」

「おれき、そいつは名分だ。旗本八万騎なんぞとえらそうな顔をしているが、内所は火の車、札差《ふださし》両替商に借財だらけで首根っこを押さえられていらあ。たとえ戦が起こっても鎧兜《よろいかぶと》は虫食いだらけ、先祖伝来の刀槍《とうそう》は飯の粒に代わって、錆《さび》くれ刀が残ってるだけだ」

「いえ、そんな情けないお方ばかりではございません。由良之助様はゆくゆく城中に上がり、上様のため、おれきらのためにご奉公なさる立派なお方です。もう放蕩の日々は十分でございましょう」

おれきの火を吐くような言葉に由良之助はたじたじとなっていた。

「おれき、おまえはそういうが一旦《いったん》遊び人の暮らしに馴染んだものはそう簡単に抜け出せないんだぞ」

「おれきがこの身に代えても泥沼から由良之助様をお助け申します」

「おれき、おまえはなにも知らないんだ。われら、直参若衆奴組は、閻魔の達五郎親分の賭場の用心棒を務めて、普段の遊び代を頂戴してきた身だ。前借りもあるしな、そう簡単に抜けられるものか」

「いくら、親分に借財があるんですか」

「おれき、それを知ってどうしようというのだ」

「おれきが吉原に身を売っても借財を返します。その代わり、由良之助様、お屋敷にお戻りになり、お父上を助けて米倉家を継いで下さいませ」

「おれき、そなたはなぜこの由良之助の身を案ずる」

「おれきの知る由良之助様は素直で賢い若様にございました。なぜお屋敷を飛び出されましたか」

「そなたと親しく口を利いてはならぬ、家来女中は主一家とは対等ではないと口煩く申された末におれき、そなたを実家に突き返した母上の仕打ちが由良之助は許せぬのだ」

「いいえ、おれきが心得違いを致したのでございます。致し方ございませぬ」

と答えたおれきが、

「由良之助様はおれきがいなくなった後、自ら蔵に籠られて食事も水もお摂りにならなかったそうですね。私は存じませんでした」

「思い付いたのが蔵籠りよ、何とも情けないわ」

と自嘲《じちょう》した由良之助が、

「なんとしてもそなたと今一度会おうと思うた。そこで蔵の鍵を開けて出て父上と母上を安心させておいて外に飛び出したのよ」

「おれきが実家に戻って三月後、由良之助様がうちに突然見えられたのにはびっくり致しましたし、嬉《うれ》しくもございました」

「だが、そなたはもう由良之助様とはお目にかかることができませんと家から追い出したぞ。母上の実家の奉公人を摑まえてようやく牛込改代町の家を知り、訪ねあてたのだぞ」

「致し方ございません。由良之助様と逢瀬《おうせ》を重ねれば二人は破滅の淵《ふち》へと向かうことは分かっておりました」

おれきの主張は明白だった。

「おれが放蕩の巷《ちまた》に身を持ち崩したのはおれきの家から追い立てられた後のことだ」

「だからこそ、おれきには由良之助様を立ち直らせねばならない負い目がございます」

「おれき、おれが最後に告げた言葉をよく覚えていたな」

「なにかあれば浅草奥山の閻魔の達五郎の賭場にと言い残されましたな」

「おれき、だが、由良之助は渡世の垢《あか》をたっぷりと付けた人間だ。屋敷に戻れるものか」

「いえ、戻れます、戻らねばなりませぬ」

ときっぱりおれきがいったとき、回廊に二つの影が浮かんだ。

一人は夜目にも艶《あで》やかな長袖をぞろりと着て前帯を締めた女だった。遊女あがりか妾あがりか、そんな自堕落さが全身から漂ってきた。もう一人はがっしりとした体格の侍で由良之助より四つ五つ年上に見えた。

宗五郎はこの者が隼町の伯耆流片山周防道場の兄弟子宮部嘉門かと推測した。

「由良様、この女はだれだえ」

と女が長煙管をおれきに突き出して問うた。

愕然《がくぜん》と振り返った由良之助が、

「おはつ、昔、わが屋敷に奉公していたおれきだ」

「小便臭い女が由良様を連れ戻しにきたって、そうは簡単に問屋が卸さないよ」

「そのような話ではないぞ、おはつ」

と由良之助がたじたじとなった。

「てめえだけいい子になって今更屋敷に戻ろうなんてずるかないかえ。ねえ、宮部様」

「おう、由良之助、直参若衆奴組の旗頭にそう簡単に抜けられてはわれらも困る。闇魔の達五郎親分にはだいぶ借財があるでな」

と兄弟子の宮部嘉門がおはつに同調した。

「いくらでございますか」

とおれきが問うた。

「そなた、吉原に身を売っても支払うそうだな。それも一つの手と思わぬか、おはつ」

「吉原に売るにはとうが立ってないかえ。品川か内藤新宿なら切餅《きりもち》一つにもなろうよ」

とおはつが言い放った。

おれきがするするとおはつに歩み寄り、いきなり、
ばちり
と頰《ほお》を殴り付けた。

「やりやがったな！」

おはつが長煙管でおれきを殴り付けようとした。するとおれきがその手首を逆に摑み、自らの腰をおはつの前帯辺りにつけると腰車に載せて回廊から庭に投げ飛ばした。

ぎええっ
と凄《すご》い叫び声を上げておはつが悶絶《もんぜつ》した。

「由良之助様、かようなところから逃げ出しますよ」

とおれきが呆然《ぼうぜん》と立ち竦《すく》む由良之助の手を引くと回廊から飛び降りた。

「由良之助、待ちな。一人だけいい子になるなんて許せねえ」

と宮部嘉門が続いて飛び降り、剣の柄に手をかけた。

由良之助もおれきの手を振りほどくと、

「おれきに怪我《けが》などさせぬ」

と叫び、刀の鯉口《こいぐち》を切った。

「お待ちなせえ」

とそのとき、宗五郎が溝から飛び上がり、宮部嘉門の前に立ち塞がった。

「由良之助様、おれき、溝の中に道案内がおられる。まずは妙義権現の境内を出るのだ」

突然あらわれた宗五郎の姿におれきが、

「金座裏の親分さん！」

と驚きの声を上げた。

「ささっ、早く」

おれきが気を取り直して由良之助の手を摑むと溝に飛び降りた。

「逃すものか」

宮部嘉門が抜き打ちに宗五郎を襲った。

宗五郎の手が背の金流しの十手、一尺六寸（約四十八センチ）を抜くと宮部の抜き打ちを弾《はじ》き、相手がよろめくところに溝に飛び込み、高塀の下を潜って外へと抜け出た。そこには由良之助とおれきと今泉宥之進が待ち受けていた。

「ともかくここを逃れよう」

由良之助がおれきの手を引き、宗五郎が今泉の隠居を庇いながら浅草寺の本堂へと逃げ延びた。

ふうっ

と今泉宥之進が安堵の息を吐き、

「由良之助様、それがしを覚えておられますか」

と未だ事情が分からぬ表情の由良之助に問うた。

本堂前には常夜灯の明かりがうっすらと差し込んでいたが、その明かりで確かめた由良之助が、

「今泉のご隠居」

と驚きの声を発した。

「由良之助様、おれきがあのようにそなた様の行状を正そうと身を張ったんでございますよ。直参旗本三千七百石の身代を潰すも残すもあなた様のお心一つでございます。よい潮時とは思いませぬか」

「隠居、由良之助は、元の暮らしに戻れるとは思えぬ」

「いえ、女のおれきが覚悟したことを思えばなんでもございませぬよ」

と今泉宥之進が諭したとき、本堂の階段上に姿を見せた者がいた。

縞《しま》のどてらを着込んだ初老の男だ。そして、その後に子分や用心棒を大勢従えていた。

「米倉由良之助様、そうそう簡単に直参若衆奴組の旗頭が組を抜けるわけにもいきますまい。ちゃんと仁義を通した上で願いましょうかな」

と閻魔の達五郎が穏やかに釘《くぎ》を刺した。

「閻魔の、金座裏の宗五郎だ」

「おまえさんとしたことがちょいと乱暴な話じゃないかえ。ここは寺社方の縄張り内だ。いくら金流しの十手でもそう簡単に手出しはできないところだ」

「閻魔の、そいつは重々承知の上だ。米倉由良之助様が借りうけた金子の一件は、おれが仲に入り、米倉家とおまえの一家で話を付ける。今晩はおれの顔を立てて見逃しちゃくれまいか」

「金座裏の、勝手な理屈だね。まずは由良之助様の身柄をうちに引き渡した後に交渉ごとに入りねえな。ついでに騒ぎを引き起こした娘も一緒にな」

「そいつは弱った」

「なにが弱った。金座裏の面子が潰れるか、致し方あるめえ」

「おめえは浅草寺境内はお寺社方の縄張りだと胸を張ったな。いかにもさようだ。だが、閻魔の、いくら寺社方でも境内の一角で夜な夜な賭場を開いていいって話はねえ筈《はず》だ。どうしてもおめえがごり押しする気なら、金流しの十手に懸けても由良之助様とおれきの身柄、屋敷まで連れ戻すぜ」

宗五郎の啖呵《たんか》を聞いた閻魔の達五郎が顎《あご》をしゃくった。すると用心棒や子分たちが階段を下りてこようとした。その中には宮部嘉門ら、直参若衆奴組の面々も加わっていた。

多勢に無勢、宗五郎は浅草寺本堂の前で金流しを抜くかどうか迷った。

寺社方に遠慮してのことだ。

「親分、遅くなりました」

と宗五郎らの背後から声がかかった。

政次らが率いる金座裏の手先たちで彦四郎も加わっていた。

「おお、政次か」

「浅草奥山としか聞いてないもので探すのに手間取っておりました」

政次の言葉に頷き返した宗五郎が、

「閻魔の、これで五分と五分。浅草寺本堂前を騒がす覚悟があるかえ」

と静かに聞いた。しばらく沈黙していた達五郎が、

「金座裏の、最前の言葉、間違いないな」

と念押しした。

「言うには及ばねえ」

本堂前から閻魔の達五郎一家が姿を消し、宮部嘉門らだけが残っていたが、それもいつしか散り散りに闇に消えた。

第三話　漆の輝き

一

浅草奥山の騒ぎから七日後のことだ。

宗五郎《そうごろう》が金座裏《きんざうら》の縁側で菊小僧《きくこぞう》を膝《ひざ》の上に抱いて、顎《あご》の下を指で撫《な》でていると玄関に人の気配がして、

「親分、今泉《いまいずみ》のご隠居のお越しだぜ」

と八百亀《やおかめ》の声が響いた。どうやら門前で八百亀と今泉宥之進《ゆうのしん》はばったりと会った様子だ。

「上がってもらえ」

と応じた宗五郎が菊小僧の髭《ひげ》を摘《つま》んで軽く引っ張ると、
みゃう
と鳴いて猫は膝から飛び降り、縁側で背を丸めて伸びをした。

宗五郎は膝に付いた菊小僧の毛をはたいて長火鉢の前に移動した。とそこへ今泉宥之進修太郎《しゅうたろう》の父子、それに米倉《よねくら》家の伊東喜作《いとうきさく》用人の三人を八百亀が案内してきた。

「おや、皆々様のそろい踏みですかえ」

おみつとしほが台所から姿を見せて座布団を並べた。八百亀だけは今まで宗五郎がいた縁側に陣取った。

広くもない庭に春の名残の穏やかな光が落ちていた。

「金座裏の親分、お陰さまにて由良之助《ゆらのすけ》様が屋敷に戻られ、ただ今のところ反省の色を見せておとなしくしておられる。殿様も奥方様も由良之助様の様子がこれまでとは違うようだ、本当に改心されたのではと大いに期待しておられる」

「今朝、政次《せいじ》がお迎えに上がりましたがどんな按配《あんばい》でしたかえ」

「それだ。金座裏からの知らせに由良之助様も心をお決めになっていたようで、稽古《けいこ》着などを用意なされて政次若親分の迎えを待っておられてな、勇んで赤坂田町《たまち》に出かけられたぞ」

「それはよかった」

浅草奥山におれきが身を挺《てい》して乗り込み、由良之助を賭場《とば》から連れ戻そうとした騒ぎの翌々日、宗五郎は米倉家の意を受けて閻魔《えんま》の達五郎《たつごろう》が一家を構える浅草の南馬道《うまみち》を訪ねた。

子分から金座裏の宗五郎訪問を聞いた達五郎は、宗五郎が一人できたと知ると居間に上げた。

閻魔の達五郎の一家は何代も前から浅草寺界隈《せんそうじかいわい》を縄張りにする渡世人で、互いに知らない仲ではない。

「閻魔の、先夜は騒がせたな」

「約定《やくじょう》どおりに米倉家との間に立ってくれたか」

金座裏の宗五郎も閻魔の達五郎も浅草奥山の出来事を公《おおやけ》に町奉行所や寺社奉行に訴えることを避けていた。言わばお互いが、

「触れ」

と反することに目を瞑《つぶ》り、米倉家の面倒をなんとか解決する方向で動いたのだ。立場こそ違え、何代も家業を継ぐ者が身に備えている防衛本能であり、知恵だった。

「閻魔の、米倉家から切餅《きりもち》二つ預かってきた」

宗五郎はふくさ包みを長火鉢の上に置いた。それをじろりと一瞥《いちべつ》した達五郎が、

「金座裏の、米倉の若様がおれから借り受けた金子《きんす》は九十三両だぜ。知らなかった

か」

「由良之助様から聞いた」

「それを切餅二つだと」

「米倉様では此度お役に就くことになってな」

「目出度《めでた》いことじゃねえか。ならばこっちの借金に祝儀を付けてもいい話だ」

「長年の寄合席《よりあいせき》がお役に就くということはどういうことか、代々閻魔一家の看板を負ってきたおめえにも察しが付こう。あちらこちらに金子を配った末のことだ。三千七百石の米倉家に余裕の金子などあるわけもねえ」

「おれの知ったことじゃねえ」

「閻魔、米倉家に行儀見習いに出ていた娘が由良之助様の行状を案じて一人でおめえの賭場に乗り込んだ心意気を買ってくれめえか」

「一人で乗り込んだって。おめえが付いてきたじゃねえか」

「そりゃ、おれきが知らないことだ。娘のけなげな気持ちを察して此度ばかりは半金の五十両で手を打ちねえ」

宗五郎の申し出に達五郎が舌打ちした。

「前髪立ての直参旗本《じきさんはたもと》の嫡男《ちゃくなん》を賭場に出入りさせていたとなりゃ、旗本米倉家は御乗《おのり》出《だし》どころじゃねえ。三千七百石がお家御取り潰《つぶ》しにならないまでも減封《げんぽう》になっても致し方あるまい。閻魔の、おめえのところだって、目付《めつけ》の注文に寺社方が乗り込んでこざるをえなくならあ。そうなりゃ、九十三両どころじゃねえ、おめえの奥山の大事な稼ぎ場が消えるってことだぜ」

ふうっ

と達五郎が溜息《ためいき》を吐《つ》いた。

「切餅二つを受け取り、証文を書きねえな。それがお互いのためだ」

「金座裏に丸めこまれた気分だぜ」

とぼやいた達五郎がすでに用意していた証文に金額を書き入れて、由良之助が駒札《こまふだ》を借りる度に入れた借用証文を破り、それを長火鉢の火が燃やした。

事態が落ち着きを取り戻そうとした頃合い、宗五郎は由良之助に近々政次を迎えに遣わすので、剣術の稽古を再び始めませぬかと手紙を書いていた。

好き放題、自堕落な暮らしを数年続けてきた由良之助に、

「さあ、今日からは元の屋敷暮らしに」

と命じたところでそうそう簡単に直るものでもない。それを案じた宗五郎と政次が

相談して、赤坂田町の直心影流《じきしんかげ》神谷丈右衛門《かみやじょうえもん》道場で剣術の稽古を再開させて、有り余る力と雑念を解消させようと企《くわだ》てたのだ。

「ほう、由良之助様は自ら稽古着を用意して政次の迎えを待っておられましたか」

「金座裏の、いやはや、驚いたのはわれらだ。まだ暗い内に若親分は道場稽古にお通いか」

「政次は呉服屋の手代《てだい》から御用聞きに転じた男でございましてね、畑違いの十手持《じっても》ちのお役をこなすために道場通いを始めたのでございますよ。捕り物の現場で慌てないように腹をしっかりと作る手助けになればと思うてのことでしょう。わっしも最初は三月も持てばよいかと思うておりましたがな、剣術と肌があったようで、眠い目をこすりこすり毎朝通っておりますのさ」

「ご用人、政次若親分は江都《こうと》で有数の神谷道場で五指に入ろうという腕前だ。由良之助様も鈍《なま》った体を鍛え直すには、これ以上のことは考えられませぬ」

と今泉修太郎が宗五郎の言葉を補った。

「うむうむ」

と満足げに頷《うなず》いた伊東用人が、

「金座裏の親分、今泉の隠居、わが米倉家から報告がござる」

「改まってまたなんでございますね」

「此度、おれきが身を苦界《くがい》に売っても由良之助様の身をお救いするという決心で賭場に乗り込んだと奥方様がお聞きになってな、『ああ、私が間違っていた。この数年の米倉家の哀《かな》しみと無駄の歳月を拵《こしら》えたのは、この私だ』と涙を零《こぼ》されてな、牛込改代《うしごめかいだい》町に私を伴い参られて、おれきにどうかもう一度米倉家に奉公しておくれと頭を下げられたのだ」

「ほう、それはまた奥方様は思い切られたのう」

と今泉の隠居が言い、

「これで米倉家に春が戻ってきたかのう」

「隠居、そう簡単にはいきますまい。ともかく由良之助様が立ち直る最後のきっかけでございますよ。なんとしてもしっかりとして頂かねばなりますまい」

と宗五郎がいうところに、

「ただ今戻りました」

と政次の声がして、なんと由良之助を伴い、居間に姿を見せた。

「若様」

「爺《じい》、来ておったか」

と応ずる由良之助の頭は、前髪立てが本多髷《ほんだまげ》に結い変えられていた。

「おや、元服なさいましたか」

「金座裏の親分どの、今泉のご隠居どの、その節は迷惑をかけ申した」

と由良之助が居間の入口に正座して宗五郎や宥之進に丁寧に頭を下げた。

「おお、そのようなお言葉が若様の口から出ようとは」

伊東用人の顔が崩れて瞼《まぶた》が潤んだように見えた。それを手で押さえた用人が、

「由良之助様、道場の稽古はいかがにございましたか」

「爺、井の中の蛙《かわず》とはそれがしのことだな。これまで伯耆《ほうき》流片山周防《かたやますおう》道場の稽古が一番激しいと思うていたが、神谷道場の稽古に比べればあれは娘の棒振り稽古であったわ。それがしなど最初の四半刻《しはんとき》（三十分）で床に長々と倒れ込んでおった」

と説明する由良之助の顔が興奮に紅潮していた。

「由良之助様、神谷丈右衛門先生は人柄識見もさることながら当代を代表する掛け値なしの剣術家でございますよ。神谷先生にお任せして体の中に溜《た》まった怠け癖、毒気を汗といっしょに抜くことですよ」

「親分、そう致す」

と素直に応じた由良之助が、

「神谷先生のご指導ぶりを拝見致したが正直申して神域に達したお方のことだ、この由良之助には見当もつかぬ。驚いたのは若親分の腕前だ」

「神谷先生のお名前のあとに私の名が出るだけで恐縮にございます。由良之助様が申されたとおり、神谷先生は雲の上のお方です」

「いえ、政次若親分の稽古ぶりを見て仰天《ぎょうてん》致しました。町人の手遊《てすさ》びくらいと思うておったら、なんのなんの数多《あまた》の門弟衆の中で抜きんでた存在が政次若親分であったぞ、爺」

「由良之助様も太刀打《たちう》ちできませぬか」

「爺、そなたも世間を知らな過ぎるぞ。それがしなど神谷道場に参れば、初心者の組に入れてもらえるかどうか」

「そのように神谷道場は凄《すご》うございますか」

「それがし、いくらなんでも中位くらいの技量はあろうと思うたが、箸《はし》にも棒にもひっかからなかったわ」

と慨嘆した。

そこへおみつとしほが膳部《ぜんぶ》を二つ運んできた。

メバルの煮付けに里芋牛蒡人参蒟蒻《ごぼうにんじんこんにゃく》と鶏肉の炊き合わせ、納豆に白菜の漬物に浅蜊《あさり》の澄まし汁だ。

「若様、お腹《なか》がお空《す》きになったでしょう。政次と一緒のものですが町屋の朝餉《あさげ》をどうですね」

「おお、金座裏ではかような馳走《ちそう》が朝から出るか」

「政次は朝昼を兼ねたご膳でございましてね。それにたっぷり食べなきゃあ、うちの商売は持ちませんのさ」

とおみつが二人の前に膳を差し出した。

由良之助がにっこりと笑い、膳の箸に手を伸ばそうとして、

「おお、これはしまった。親分のお内儀にござるか。それがし、此度のえらい厄介をかけ申した米倉由良之助にござる」

と姿勢を正して挨拶《あいさつ》した。

「おや、まあ、ご丁寧なご挨拶痛み入りますね。私が金座裏の台所を預かるおみつにございます。また、この者が金座裏の嫁のしほにございます」

とおみつがしほまで由良之助に紹介した。

「そなたが評判のしほさんですか。鎌倉河岸《かまくらがし》の豊島屋《としまや》に奉公しておられたころからかわら版で名を承知していました」

と由良之助が笑顔を向けた。

「しほにございます」

しほの挨拶に由良之助の頬《ほお》が赤らみ、

「爺、金座裏の婿様と嫁様は美男美女じゃのう」

と伊東用人に真面目《まじめ》な顔で問いかけた。

「由良之助様、こちらの若親分は老舗《しにせ》の呉服屋の松坂屋《まつざかや》の手代から金座裏の手先《てさき》に鞍《くら》替《が》えして、大看板を背負う十代目に就かれたと今泉の隠居から聞かされました。政次若親分の苦労を考えれば、若様は未《いま》だ苦労知らずにございます。これを機会に是非殿様と奥方様を安心させて下さりませ。爺からお願い申しますぞ」

「爺、このような場でそれがしの恥を改めて晒《さら》すこともあるまい。若親分を手本に頑張るゆえ、朝餉を食べさせてはくれぬか」

と由良之助が言い、

「ささっ、汁が冷めぬうちに召しあがって下さいな」

政次が膳を前に合掌して箸をとった。するとそれを由良之助が真似《まね》た。その様子を伊東用人が驚きの目で見ていた。

「ご用人様、おれきさんの奉公はいつからでございますか」

おみつが聞いた。すると浅蜊汁を啜《すす》ろうとしていた由良之助が、

「なにっ、おれきがわが屋敷に奉公に戻って参るか」

と驚きの中にも喜びを弾《はじ》けさせて聞いた。

「由良之助様には未だ内緒のことでしたな」

と伊東用人がちょっと困惑の表情で洩《も》らし、

「あら、私としたことが口を滑らせて」

とおみつも慌てた。

「由良之助様、よいですか。この話、奥方様からお話があるまで知らぬ振りをしておいて下されよ」

「分かった。それでおれきはなんと申したな」

由良之助はご膳どころではなくなっていた。

「おれきははっきりと私が米倉家や由良之助様のお役に立つこととなればと承知致しましたぞ」

「おおっ」

と由良之助が吠《ほ》えるような声で答えた。

「由良之助様、安心して朝餉を食してくださいまし」

とわざとその場でこの話を持ち出したおみつが勧め、満面の笑みに変わった由良之助が改めてご膳に向かった。

黙々と食していた政次が、

「由良之助様、落ち着かれた暁には金座裏におれきさんをお連れ下さい。町屋の暮らしをご案内申しますよ」

と誘った。

「ほんとうか、若親分」

頷く政次に、

「若親分、頼みがござる」

「なんでございましょう」

「それがしは若親分より年下の上に神谷道場では若親分が大先輩にあたる。それを若親分が様付で呼んではおかしかろう。由良之助、と呼び捨てにしてくれませぬか」

「大身《たいしん》旗本のご嫡男を呼び捨てにできましょうか。由良之助様がお嫌ならば由良之助さんではいかがでございますか」

「まあ、そのあたりで我慢致そうか」

と由良之助が得心してメバルの煮付けに箸を付けた。

米倉由良之助が伊東用人を従えて金座裏を辞去し、今泉父子が居間に残った。

なんとなくほっと安堵《あんど》の空気が漂い、八百亀が、

「これで米倉家も落ち着くところに落ち着きそうでございますね」

と吐いた。

「それもこれも金座裏が出馬してくれたお陰だ、礼を申すぞ」

と今泉宥之進が宗五郎に改めて礼を述べた。

「四十過ぎての道楽は死ぬまで直らないと言いますが由良之助様はまだお若い。それに放蕩《ほうとう》の原因がおれきにあったのははっきりしましたんでね、廻《まわ》り道はなされましたが米倉家に遅まきながら春が巡ってきましょうかね」

宗五郎も宥之進に応じた。

「金座裏の親分、迷惑とは存ずるがこれを機に親父《おやじ》どのを外に連れ出してもらえませぬか。母もそれがしの嫁も父上が急に若返ったようだと、此度のことに驚いておるところです」

と修太郎が笑いながら願った。

「これ、修太郎、わが家の女どもがそのようなことを申しておるか」

「はい。日夜屋敷にでーんと控えられ、これ、お茶、これ、煙草盆《タバコぼん》を持てと命じてば

かりで父上は座敷から一歩も動かれぬ日があるとか、体によくございませんぞ」

「そのような理由で日々多忙な金座裏にわしのお守りを頼むやつがあるか。第一此度の一件、それがしの出番が少なくてな、ちと物足りなかった。出来ることとなれば金座裏の、もう少し出番のある事件はないものかのう」

と宥之進が真顔で願ったものだ。

「隠居同士、時に釣り船でも出しましょうか。そのほうが無難のようだ」

「わが家も米倉様も、そして、この金座裏も若い連中の時代がそこまで来ておるようだな」

と自ら得心した宥之進が、

「修太郎、そろそろお暇《いとま》致すぞ」

と言うことだけを言い尽くして立ち上がった。

玄関先で今泉父子を見送った政次としほは、顔を見合わせた。

「由良之助様はおれきさんが戻ってこられることに有頂天の様子ですが、おれきさんの心中 慮《おもんぱか》るにいささか複雑ね」

「どういうことだ、しほ」

「由良之助様とおれきさんは同い年でしょう。これから年を取れば取るほど男と女の年の差が開くわ」

しほは由良之助とおれきの間柄が主従のままで済むと思っていなかった。となると身分差と年齢はおれきに苦しみをもたらすと考えたのだ。

「一年一年取る年の数はだれしも一緒だ、しほ」

「いえ、これからの一年は男と女では年の取り方が違うの。そのことをおれきさんは承知のはずよ」

「そんなものかね、同い年は死ぬまで同い年であろうに」

政次の呟《つぶや》きにしほは答えなかった。

二

この日、町廻《まちまわ》りに出ていた手先たちが金座裏に戻ってきたとき、その中に亮吉《りょうきち》の姿が見えなかった。

常丸《つねまる》が玄関先で町廻りの連中を迎えるために控えていた番頭格の八百亀に、

「亀次《かめじ》の兄い、亮吉はむじな長屋に立ち寄ったぜ」

と報告した。

「久しぶりにお袋のおっぱいが吸いたくなったか」

八百亀が冗談を返した。

「いくらなんでもそんな年は過ぎたぜ。おっ母さんが風邪《かぜ》気味と町廻りで会った長屋の連中に聞いてよ、草餅《くさもち》を手土産《てみやげ》に寄ったんだ」

「せつおばさんが風邪ですか」

政次が聞き付けて玄関に顔を出した。

政次の一家もその昔、むじな長屋に住んでいて、政次も彦四郎《ひこしろう》も亮吉もわけ隔てなくせつから怒られたりおやつを貰《もら》ったりして育ってきた間柄だ。そのむじな長屋に未だ居を構えているのは亮吉の母親せつだけだった。

政次はこのところ祝言の忙しさに取り紛れてむじな長屋のことなど放念していたことを悔いた。

「若親分、大した風邪じゃねえそうだ」

と伝次《でんじ》が言葉を添えた。

「なにはともあれお袋が風邪と聞いて見舞いに立ち寄るなんて亮吉も大人になったもんだよ」

おみつまで台所から姿を見せて、この話に加わった。

「姐《あね》さん、それがそうとばかりは言い切れないんだ」

と常丸がちょっと困惑の表情で言い出した。

「なんぞ曰《いわ》くがあるのかえ、常丸」

「偶々《たまたま》よ、おれの小耳に入ったことだが、むじな長屋に壁塗り職人平次《へいじ》一家が住んでいたな」

「引っ越してきたのは一年ほど前のことじゃなかったか。亮吉が姉娘だか妹娘にひと目惚《めぼ》れして密かに通っていたようだが、けんつく食らわされたと聞いたぜ」

と八百亀が口を挟んだ。

「兄い、そのとおりだ。平次さんが普請場の足場から落ちて腰を痛めたとかで、この数か月仕事に出てねえそうだ。それでお菊《きく》とお染《そめ》の姉妹も青物市場《やっちゃば》に働きに出て暮らしを助けているのだが、女子供の稼ぎは高が知れていらあ。なんでも姉のお菊が苦界に身を売るって話が持ち込まれたとか」

「亮吉はそれを承知でむじな長屋に立ち寄ったのかねえ」

おみつが案じ顔で常丸に聞き、常丸が、

「お袋の風邪には託《かこつ》けているが案じるのはお菊の身の上とみたね」

と推量した。

「亮吉め、またあれこれとない知恵を絞ってさ、独りで突っ走らなきゃいいがね」

とおみつが呟き、常丸が、

「姐さん、しばらく亮吉の様子を静観しているしかあるめえな」

と同意を求めた。それに対して政次が、

「兄い、平次さんの怪我《けが》の具合はどの程度のものだろうか」

「若親分、おれも小耳に挟んだだけだ。そこまでは知らないんだ。なんならむじな長屋に走ろうか」

「いや、そこまでしなくとも亮吉が戻ってきたら事情が知れよう」

と政次が呟いたとき、

「こちらは金座裏の親分さんのお宅でございますね」

と利休白茶《りきゅうしらちゃ》の小袖《こそで》を粋《いき》に装った大年増《おおどしま》が顔を覗《のぞ》かせた。どことなくふくよかな顔におっとりとした性格が漂っていた。

「へい、いかにも宗五郎の家にございますよ」

と答えた常丸が、

「おや、江戸橋際の船宿玉藤《たまふじ》の女将《おかみ》さんじゃありませんか」

と問い返した。

「いかにも玉藤のこいねにございます」

こいねは、胸前に濃紫の包みを重そうに抱えていた。

「どうなされましたな」

と常丸が聞いた。

「ちょいと親分さんに相談事が」

おみつと政次が顔を見合わせた。おっとりとしたこいねの表情に一刻を争う切迫した様子が窺《うかが》えなかったからだ。

「常丸、こいねさんに上がって貰いなさい」

と政次が命じた。

こいねが金流しの十手と銀のなえしが三方《さんぼう》に飾られた神棚の居間に通され、宗五郎の他に政次と八百亀がこいねと向き合った。その他の連中は台所に控えたのは、こいねの相談事が未だ判然としないからだ。

「金座裏の親分さん、時分どきに伺い、申し訳ございません」

こいねが謝ったのは台所から昼餉の匂《にお》いがそこはかとなく漂ってきたからだ。

「御用に朝昼の区別があるものか、遠慮は要りませんぜ、女将さん」

こいねがようやく抱えてきた風呂敷包みを膝の傍らにそっと置いた。

「親分、迷った末に相談にお邪魔致しました」

「商いのことですかえ」

「はい。馴染みのお客様のことにございます」

「聞きましょう」

宗五郎が話がこみ入っていると思ったか、煙草盆の煙管《キセル》を摑《つか》んだ。そこへしほがお茶を運んできた。するとこいねが、はっとしたようにしほを見て、なにかを思い出すように、

「あ、そうそう金座裏にはおめでたがあったんでしたね、こちらがお嫁さんですか」

宗五郎に問いかけた。

「いかにも、うちの嫁のしほですよ、女将さん」

宗五郎の言葉に曖昧《あいまい》に頷いたこいねが話を本筋に戻した。

「うちに一年ほど前から時々顔を見せられる隠居様のお客がございましてね、亀戸《かめいど》天満宮の料理茶屋加賀梅《かがうめ》の楽隠居の正右衛門《しょうえもん》様でございますよ」

「加賀梅のご隠居さんがね」

宗五郎らは川向こうの小梅村の川魚が名物の料理茶屋加賀梅を承知していた。だが、縄張り外のこと、主《あるじ》一家や奉公人のことまでは知らなかった。

「こちらには息抜きに参られるとか、花見の季節や花火の折、大川から佃島《つくだじま》沖辺りま

で船を浮かべられることもありました。川向こうと公方様《くぼう》のお膝下《ひざもと》とは賑《にぎ》わいが違うなどと申されて贔屓《ひいき》にして頂きました。そんなことが積み重なり、うちの座敷に何日か寝泊まりするような仲になっておりましたので」

こいねがふいに咳《せき》こんだのを見て政次がしほの供した茶碗をさあっと差し出した。

「すいません」

と詫《わ》びると政次の差し出した茶碗の茶を口に含んで咳を止めた。

「大丈夫でございますか」

と政次が聞くと、

「あら、おまえ様は」

「はい、松坂屋でお世話になりました政次にございます」

「おまえ様が金座裏の」

と応じたこいねが、

「私としたことがうっかりしていたわ。政次さんが松坂屋の手代から金座裏に鞍替えして金流しの十手を継ぐ身になったとお客様から何度も聞いておきながら、そのことを忘れていたわ。とすると最前のしほさんが若親分のお嫁さんですか」

「玉藤の女将さん、いかにもさようです」

驚いた、と呟いたこいねが再び相談ごとに話を戻した。

「親分さん、ごめんなさい。話があちらこちらに飛び散らかって」

「女将さん、春の日長だ、直《す》ぐには暮れますめえ。お好きなように話しなせえ」

はい、と頷いたこいねが、

「此度は半月前から江戸各所の桜の名所を回るのだとおっしゃられて、孫娘のおたかさんを伴っておいででした。なんでもおたかさんの姉娘に婿を迎えるとか、住まいに大工を入れて普請《ふしん》しているそうで煩《うるさ》いとか、長逗留《とうりゆう》になりますと帳場にこの包みを預けられました」

と傍らに置いた濃紫の風呂敷包みを差した。

「金子かな」

「なんでも孫娘の祝言の諸々《もろもろ》を買い求めるので二百五十両を持参したと申されました」

「ほう、大金だ」

「正右衛門様はいつもふくさ包みの金子を預けて最後にその中から小判を取り出して精算していかれますので」

宗五郎らはこの話を聞いてようやく船宿玉藤が陥った事件の推測がついたように思

えた。

だが、宗五郎はこいねに話を急《せ》かせはしなかった。このようなとき、相手の好きなように話させるのが結局一番手っ取り早く事情を知ることになると、長年の経験から承知していたからだ。

「昨日のことです。いつものように勇吉《ゆうきち》船頭に命じて正右衛門様とおたかさんが買い物だと猪牙舟《ちょきぶね》で出かけられました。その折、ひょっとしたら亀戸天満宮まで遠出して普請の具合を覗いてくるかもしれないと言い置かれましたので、お戻りがなくてもやはり実家に立ち寄られたのだと一夜待つことに致しました」

「船頭の勇吉さんも戻ってこないのだね、女将さん」

「はい。亀戸に遣いを立てるかどうするかと考えておりますところにあちらこちらの小間物屋や呉服屋や帯屋から、正右衛門様宛《あて》に買い物の品が届き、その内、こちらで精算をと書付を出される手代さんがおられる始末に、これはどうも様子が変だと感じましたので。それでうちの者とも相談して、ここは金座裏の親分の知恵をお借りしようとお邪魔したってわけにございます」

ようやくこいねの相談事が終わった。

「およその事情は分かりました、女将さん。あちらこちらからの請求の額はどれほどですね」

「昨日百二十両はこえてようかと思います」

と風呂敷包みに視線をやった。

「品物が届いたと申されましたが中身は反物《たんもの》やら小間物ですかえ」

「と思いますけど。あまりに多いのでこちらには持ってくることができませんでした」

頷いた宗五郎がさらに問うた。

「女将さん方ではツケ買いの金を払われましたかえ」

「正右衛門様が戻られるまで待とうとうちの人がいうので支払ってはおりません」

「そいつはよかった」

「それでうちの人がしつこくいうものですから、正右衛門様が帳場にお預けになった風呂敷包みを持参致しました」

とこいねが濃紫の風呂敷を抱えて長火鉢に乗せた。

「これまでもツケ買いなどして玉藤では立て替えられたことがございましたか」

「二度三度か、うっかりと財布を忘れたとか、料理茶屋の男衆を連れて戻られ、帳場に預けた包みを解いて、金子を払われましたよ。その折、ツケ馬の男衆には過分な手間賃をあげておいででした。だから、私は此度もそう案じることはないとうちの人に言ったんですがね」

こいねが宗五郎に同意してもらいたそうに見た。

「女将さん、この包み、解いてようございますね」

「正右衛門様に無断で開けてもよいものでしょうか」

「女将さん、もう十分におかしゅうございますよ」

と政次を宗五郎が見た。

政次が長火鉢の棚板の上から包みを両手で摑み、ずしりとした重さを確かめた。

「切餅が十《とう》入った重さと感触ではございます」

と言いながら政次が手際よく固結びにしてあった風呂敷包みを解いた。すると中身はさらに白布に包まれてあった。政次が白布を解くと、二十五両が包封された切餅が四つずつ二段重ねられ、さらに三段目に二つの切餅が重ねられてあった。

こいねがほっと安堵の吐息を洩らした。

「政次、封印を切ってみねえ」

宗五郎の命《めい》にこいねが、

「あっ、それはなんでも」

と慌てたが政次は切餅の雑な包みに目を付けてそこを捻《ひね》ると封印切りした。するとざらざらと小判大の楕円《だえん》の鉄片が政次の膝から畳に散らばり落ちた。

「ああっ」

と今度はこいねが悲鳴を上げた。

「女将さん、他を開けることもありますめえ。うちはご存じのように金座裏の異名を頂戴《ちょうだい》して後藤《ごとう》家とは親しい交わりだ。切餅の包みに書かれた文字も雑ならば包封もひどいや。ただ重さを本物の二百五十両と合わせただけの贋金《にせがね》だね」

「お、親分さん、どういうことで」

「込み入った手順で騙《だま》されなすったね。一年も前からあれこれと仕組んだ上に最後っぺをすかして正右衛門と孫娘は逃げやがった」

「そんな」

とこいねが絶句し、ふと気付いたように、

「船頭の勇吉さんはどうなったので」

「いつも正右衛門は勇吉を船頭に指名していたんだね」

「はい、うちでは一番古手の船頭ですが、どちらかというと気が利かないというか、ぼおっとした年寄り船頭でしてね。その勇吉爺を正右衛門様はいつも供にしておりました」

「船頭の安否が気にかかるな」

「親分さん、小梅村の加賀梅を訪ねれば勇吉の行方《ゆくえ》が知れませんか」

こいねはようやく陥った事態に気付いたようで顔を真っ青にして聞いた。

「八百亀、彦四郎に願って猪牙で亀戸天神に飛べ」

へえ、と宗五郎の命に応じた八百亀が立ち上がった。

「政次、おめえは女将様と一緒に玉藤に行き、旦那や奉公人から正右衛門のことをもう少し聞き出せ」

政次が畏《かしこ》まった。

「常丸ひとりを伴うがいいかえ」

と八百亀が宗五郎に願った。

「まず加賀梅は詐欺話をそれっぽくするための道具立てに使われただけだろうが抑えるところは抑えておかないとな」

宗五郎の命に八百亀が、

「常丸、おれに従え」

と怒鳴ると居間から玄関へと飛び出していった。

「親分、しほを連れていきます」

「そうしねえ」

政次は手先として稲荷《いなり》の正太《しょうた》と左官の広吉《こうきち》を連れていくことにした。その様子をおろおろと見ていたこいねが、

「親分、正右衛門様は加賀梅のご隠居ではないのでございますか」

「まずなんの関《かか》わりもなかろうな」

「孫娘のおたかさんもでございますか」

「おたかはおまえさんがたを安心させるために伴っただけだ。この仕掛け、込み入っていやがる。正右衛門とおたかの逗留代や飲み食い代がひっ掛かっただけでは済まないかもしれないぜ」

「と、申されますと」

「この一両日で正右衛門がどれほど江戸じゅうの店を騙し果《おお》せたか」

「でも、正右衛門様が買い求めた品はすべてうちに届いておりますよ。もし正右衛門様が払わないというのなら、品を返せば済むことではございませんか」

「そう簡単な話ではないような気がするんだ、女将さん。ともかく、政次と一緒に玉藤に戻り、もう少し仔細《しさい》を調べさせてくれねえ」

「はっ、はい」

狼狽《ろうばい》したこいねにはしほが寄り添い、政次、正太、広吉の三人は金座裏からほど近い江戸橋の船宿玉藤に向かった。

その途中、こいねが、

「あっ、そうだ。正右衛門様の孫娘の面立《おもだ》ちがどことなくしほさんに似ていると思ったんですよ」

「それで最前私と会ったとき、驚かれたわけですね」

はい、と頷いたこいねが、

「でも、よく見ればしほさんとは全然違います、どうしてそう思ったのかしら」

と首を傾《かし》げた。


玉藤ではさらに騒ぎが広がっていた。

「こいね、漆器屋から輪島塗の器の大包みが届いてよ、番頭さんが七十二両二分《ぶ》の代金を請求するじゃねえか。いったい全体どうなってんだ」

玉藤の主の剛三郎《ごうさぶろう》の言葉にこいねが呆然《ぼうぜん》として、板の間に届けられた荷を見た。

「旦那、勇吉船頭はまだ戻ってきませんかえ」

と稲荷の正太が聞いた。

「勇吉ばかりじゃねえ。正右衛門様もおたかさんも戻ってこないんだ」

「おまえさん」

とこいねが泣きそうな声で亭主を呼んだ。

「どうした」

「うちに預かっていた二百五十両、贋金だったよ」

「な、なんだって」

剛三郎が両目を剝《む》いた。

「旦那、この届けられた輪島塗の包みを調べさせてもらいますよ」

政次が剛三郎に許しを乞《こ》うた。

「正右衛門様の許しがなくていいかね」

「その者たちがこちらに戻ってくることは、もはやありますまい」

と言った政次が大風呂敷の一つを解くとさらに紙包みが現れた。そして、その上包みを解くと漆器を入れる箱が姿を見せた。

「正右衛門様が戻ってこないのなら、漆器屋に返す品ですぜ」

と剛三郎が政次の行動を弱々しい語調で諫《いさ》めた。

政次は漆器を収めた箱の蓋《ふた》に掛かった紐《ひも》を解くと朱塗の椀を取り出し、しばし眺めていたが、

「親方、女将さん、こいつは本物の漆器なんかじゃございません。安物の漆器紛《まが》いにすり替えられておりますよ」

「金座裏の若親分、南塗師町《みなみぬしちょう》の漆器屋の輪島屋《わじまや》が運んできた品だ。そんな馬鹿な話はないよ、だれが掏《す》り替えたというんだね」

「さてそこです」

と政次は他の箱の紐を解き始めた。

三

おたかの姉の婚礼のために買い求められたという品々はすべて紛い物に掏り替えられていた。なぜこのような手妻《てづま》が行われたか。

政次は稲荷の正太を伴い、南塗師町の輪島屋に急行した。

しほと左官の広吉は玉藤に残し、加賀梅の隠居を自称する正右衛門と孫娘の人相描きを作らせることにした。

「おや、金座裏の若親分さん、なんぞ御用にございますか」

と応対したのは松坂屋時代から顔見知りの番頭《ばんとう》の佐吉《さきち》だった。

「つい最前江戸橋際の船宿玉藤に品を届けられましたな」

「へえ」

と佐吉が訝《いぶか》しい顔で政次を見た。

「正太、佐吉さんにお見せして確かめてもらえ」

と政次が正太に命じ、正太が玉藤から風呂敷に包んで持参した漆器を番頭の前に差し出した。

「うちの椀を見ろと申されますので」

と汁椀を手にした佐吉がひと目見るなり、

「これはうちのではございません。それにしてもひどい漆器があったものですな」

と呆《あき》れた顔を見せた。

「番頭さん、その椀がおまえ様の店から玉藤に届いた品ですよ」

「若親分、冗談は言いっこなしですよ。うちではこのようなひどい品は扱ってございません。輪島屋は江戸で知られた漆器屋にございます」

と胸を張り、言い返した。

「それが、そうなのです」

と政次は佐吉の前の上がりかまちに腰を下ろした。

「金座裏の若親分、なんぞ曰くがございますので」

「こちらで数々の品を購《あがな》ったのは亀戸天満宮門前の料理茶屋加賀梅の隠居の正右衛門と名乗る年寄りですね」

「いかにもさようです。玉藤さんの馴染みですよ、此度は孫娘のお一人が祝言を控えておられるとか。隠居様が江戸であれこれと御道具を買い求めるお役目だそうです。おたかさんと申される、妹のお孫さんと一緒にこのところうちに何度も足をお運びで、品々を買い求められたのです。ですが、若親分、うちではこのような粗悪品を玉藤さんに届けた覚えはございません」

「そこですよ。どこかで品が掏り替えられたのです」

「えっ！」

と驚きの声を上げた佐吉の眼玉《めだま》がぐるぐると回り、まさか、と呟いた。

「なんぞ心当たりがございますか」

「若親分、あの二人、うちに何度も見えられて実に丁寧に若夫婦の所帯に似つかわしい上物をと選びに選び抜かれて購われましたので。その上、婚礼の品ゆえ、家紋入りの箱に詰めて此度の婚礼のために染めさせた大風呂敷に包んでほしいと願われたので。

うちでは上客様の注文に応《こた》えてそのような包みを作って、お二人が見えられるのを待ち受けておりました。すると一刻（二時間）も前に姿を見せられて、風呂敷包みを見られて満足げな様子で私どもに礼を申されて、七十二両二分を支払われました。そして、玉藤の船頭さんにその大風呂敷を待たせて一旦《いったん》店を出られましたがな。直ぐにご隠居が戻ってこられて、番頭さん、えらいことを忘れていた。もう一軒呉服屋の松坂屋さんに立ち寄り、前金を打つことを忘れていたと申されて、すまぬがこの品を玉藤に届けて私が玉藤に預けてある金子から代金を受け取ってくれませぬか、万事玉藤の女将さんが心得ておられますと丁重な申し出でございましてな。また私が書いた七十二両二分の証文も戻されましたよ」

「それでこちらでは大風呂敷と証文を受け取られて、七十二両二分を正右衛門に戻したのでございますな。大風呂敷の中をその時改められましたか、番頭さん」

「改めるもなにも正右衛門様が店先から姿を消されて直ぐに戻ってこられたんですよ、瞬《まばた》きする暇があったかどうか。一々調べ直しますかいな」

「掏り替えなれば一瞬の間にできます」

「若親分、まさか詐欺に遭《あ》ったというわけではございますまいな」

と佐吉の顔が蒼白に変わった。

「こちらだけではない。この界隈の呉服屋、小間物屋、飾り職が同様な手口で品を玉藤に届け、代金を請求しておられます」

「加賀梅の隠居は玉藤さんの帳場にいつも大金を預けておられるとか」

「此度は二百五十両を預けてありました」

「ならばそれでお支払いを願いましょう」

「切餅十個、すべて贋金でした」

「な、なんと」

佐吉が絶句した。

輪島屋の店先に茫然《ぼうぜん》とした空気が漂う中、常丸が、

「若親分」

と叫びながら飛びこんできた。

亀戸天満宮の門前町の川魚料理屋加賀梅へと彦四郎の漕ぐ猪牙舟で急行した常丸だった。

「加賀梅のご隠居は三年も前に亡くなり、当代の八左衛門《はちざえもん》さんはまだ三十六歳だぜ。また嫁にやろうにも八左衛門さんのところは十四を頭に男ばかりだ。むろんおたかなんて娘はいないい」

「そんなことだろうと思いましたよ」

「加賀梅にはこの一年も前から隠居を名乗る老人があちらこちらで飲み食いしてツケを加賀梅に回す騒ぎが時折に起こっていたそうだ。代金を請求にくる手代や番頭があとをたたないとこぼしていたぜ」

「加賀梅ではお上に届けていましたか」

「うちの隠居ではございませんし、亡くなった隠居を騙《かた》る者の仕業でございましょうと掛け取りに説明して引き取ってもらったから被害はないそうだ」

「お上に届けてないんだな」

その話を聞いた番頭の佐吉が青い顔で奥へと引っ込んだ。

「常丸、八百亀は加賀梅に残ったか」

「いや、八百亀の兄いはこちらに戻ってきていなさる。彦四郎の猪牙を江戸橋際で下りて、船宿玉藤の様子を見て、こちらに来るそうだ」

と常丸が答えるところに佐吉が輪島屋の主の忠太郎《ちゅうたろう》を伴って店に戻ってきた。

「金座裏の若親分、うちが掏り替え詐欺に遭ったですと」

「旦那、こちらばかりではございません。船宿玉藤の馴染み客を装い、一年も前から練りに練った掏り替え詐欺で、今のところどれほどの被害の額になるかもしれません」

政次が松坂屋仕込みの丁寧な言葉遣いで応じた。

「旦那様、私としたことが好々爺然《こうこうやぜん》とした風貌《ふうぼう》と愛らしい孫娘につい心を許して、一旦受け取った代金を品ものが入った風呂敷包みと証文と交換して、七十二両二分をその爺様に渡してしまいました。申し訳ございません」

佐吉が額を、がばっと店先の床に擦り付けて詫びた。

「なんですね、番頭さん。店頭でそんなみっともない真似をしないで下さいよ。金座裏の若親分が見ておられますよ」

と忠太郎が鷹揚《おうよう》に構えて見せた。そして、

「若親分、うちも長年、南塗師町で漆器屋を営んでおりますが、このような騙しに遭ったのは初めてです。七十二両二分の金子でうちの店が潰れるわけもございませんがなんとも悔しゅうございます。一刻も早く詐欺師の爺様と孫娘を捕まえて下さいまし」

と願った。

そこへ八百亀としほが姿を見せた。

「おや、金座裏の嫁様もご入来ですよ」

しほを見知っているのか、忠太郎が迎えた。

政次がご苦労だったね、としほにうなずきかけ、なにか言いたそうな八百亀へ視線を巡らした。

「若親分、玉藤で新たな騒ぎが起こっていたぜ。駿河《するが》町の袋物《ふくろもの》屋が二十三両の請求を玉藤に求めてよ、事情を知らされた手代が青い顔で、うちは玉藤さんの馴染みということで信用して一旦受け取った代金をお返ししたのです、なんとしてでもお支払い願いますとまるで泣き出さんばかりの談判の最中だ」

「玉藤に持ち込まれた品はやはり掏り替えられた偽物か」

「こちらと同じように婚礼に使う品というので上物を誂《あつら》えたそうな。そいつを爺様と孫娘の二人組が持ち込んだ桐箱と家紋入りの風呂敷に包んで渡したものとそっくりのものを返されたってわけだ」

「うちと同じ手口です」

佐吉が愕然《がくぜん》と呟いた。首肯した八百亀が、

「袋物屋でも一旦銭箱に入れた代金を爺様の手に戻していらあ」

「八百亀の兄さん、一体全体玉藤に名乗り出たツケ買いの総額はいくらになったえ」

「玉藤の逗留代、飲み食い代を含めて三百五十両は超えたそうな。それに江戸でも名《な》代《だい》の老舗の品々が爺様と孫娘の二人組の手に渡っているからよ、被害は倍ということだ」

「えらい稼ぎですよ」

輪島屋の忠太郎が呆然と呟いた。

政次が頷きながらしほに視線を戻した。

「しほ、二人の人相を聞き取ったね」

「玉藤様の主夫婦に奉公人衆の手助けでなんとか」

と答えながらしほは、襟《えり》元に挟んでいた画仙紙を綴《つづ》った画帳を広げて政次に渡した。

ちらりと出来を確かめた政次が輪島屋で主に正右衛門らの応対に当たった番頭の佐吉に、

「こやつらですね」

と見せた。

「ああ、この爺様と孫娘ですよ。うちにきてあれこれ注文を付けた上で詐欺まで働いた二人組に間違いございません」

と絶叫し、他の奉公人もしほが描いた絵を覗き込んで、

「間違いございません、この二人です」

「爺様の皮肉そうな笑いを浮かべた顔付きは、よくもこの年寄りの特徴を摑んでおります」

と言い合った。

一枚の画仙紙の中に正右衛門と称する爺様と孫娘のおたかの全身像が描かれ、その他に三つずつ正面、横顔、斜めから見た顔の表情が捉《とら》えられて、着色されていた。さらに玉藤に持ち込まれた品を包んでいた風呂敷の家紋の加賀梅鉢も巧みに描かれていた。

「若親分、この絵は奉行所の手配描きですか。すでに手配になっておったのですか」

佐吉が歯軋《はぎし》りせんばかりの顔で政次を詰問した。

「佐吉さん、たった今うちのしほが玉藤に立ち寄って正右衛門とおたかの風采《ふうさい》を皆さんの記憶を頼りに描いて再現したものですよ。まだ絵の具がなんとなく濡《ぬ》れ濡れとしておりましょう」

「なんと金座裏の花嫁さんには、そのような才がございますので」

主の忠太郎が感心してしほを見た。

「しほは北町奉行小田切《おだぎり》様が認められた奉行所絵師でございましてね、これまでもしほが描いた人相描きでお縄になった悪党は五指には下りますまい」

と政次が答えると、

「いや、金座裏にはえらい才人がおられますな、それにしてもよう似ております」

と改めて佐吉が感心した。

「番頭さん、この人相描きに付け加えることがございますか」

しほが念を押した。その問いにしばし佐吉が沈思していたが、

「ひょっとすると正右衛門は左利きかもしれません。煙草を吸いつけるときも左手で煙草入れから器用に刻みを丸めて火皿に詰めておりました」

「大事なことを思い出されましたね。で、煙草入れはどのような造りでしたか」

「古びてはおりましたが黒印伝《いんでん》の、金具は金の鼠《ねずみ》だと思います。煙管入れは古色を帯びた竹製で煙管は銀煙管です」

佐吉の記憶を頼りにしほが腰の女ものの矢立てから筆を取り出すと、持ち物の煙草入れを画仙紙の風呂敷の家紋の傍らに描いて付け加えた。

「こんな感じでどうでございましょう」

しほの言葉に佐吉ががくがくと頷いた。

「いや、驚きましたな。この絵があれば二人の行方を突き止められましょう。若親分、なんとしてもこの二人組をお縄にして下さいな」

と輪島屋の忠太郎に督励されて金座裏の一家の面々が一旦輪島屋を後にした。

楓川《もみじ》の越中橋の袂《たもと》に止められていた彦四郎の猪牙舟に金座裏の面々が顔をそろえた。

政次が、

「しほ、この人相描き、私が預からせてもらうよ」

「政次さん、私の頭の中には正右衛門とおたかの人相は刻み込まれているから大丈夫よ」

「ならば金座裏に戻り、何枚か手配描きを描き足しておくれ」

「若親分、どうなされますね」

と八百亀がこれからの行動を尋ねた。

「八百亀らはしほと一緒に金座裏に戻って親分に探索の仔細を報告してくれませんか。私は彦四郎に頼んで加賀梅を訪ねてみようと思う。正右衛門がなぜ亀戸天神の川魚料理屋の加賀梅の隠居を名乗ったか、それが気になってね」

「ならば常丸と広吉をお連れなせえ」

と八百亀が二人の手先を政次に同行させることを提案した。

「若親分、しほさんよ、まずは全員乗ったり乗ったり、江戸橋の北詰まで送るぜ」

徒歩で金座裏に戻る筈《はず》の八百亀やしほらを乗せた彦四郎は、楓川を新場橋、海賊橋と潜《くぐ》って日本橋川に出ると向こう岸の江戸橋高間河岸で金座裏に戻る組を下ろした。

猪牙に残ったのは政次、常丸に広吉の三人だ。

「彦四郎、すまないがもう一度亀戸天神まで往復してくれないか」

「あいよ」

と彦四郎が受けて、櫓《ろ》をぐいっと水中に入れて翻《ひるがえ》すと、すいっと猪牙舟の船足が上がった。

「若親分、世間に悪事のタネは尽きまじとは言うが爺様と孫娘、えらい気長な仕込みをして仕掛けたものですね」

と常丸が政次に言った。

「これだけの仕掛けです、一味が二人だけではないことは確かだ。正右衛門は江戸の老舗を回って半年以上も前から孫娘の婚礼用の品だとあれこれと見て回り、そのとき、品を入れる桐箱や風呂敷の大きさを決めて二組ずつ用意した。そして、品を注文すると持ち込んだ桐箱に品を詰めて、持ち込んだ風呂敷で包むように願って包み方まで指定した。あとは品を受け取りに行き、一旦金子を支払ってもっともらしく証文まで受け取り、店を出る。するとそこに仲間が待ち受けていて、もうひと組それらしく包み込んだ風呂敷包みと素早く交換する、あとは隠居然として正右衛門が掏り替えた品を持ち帰った体で大芝居を打って、偽物が入った風呂敷包みと証文を返し、支払った金子を返してもらう手口だ。愛らしい孫娘を連れた好々爺というのがみそで、客扱いに慣れた番頭さん方もついうっかりと引っかかってしまったというわけだ」

「とはいえ、この手口、一旦世間に広まると二度と使えまいぜ」

と常丸が政次の推理に頷いた後、言った。

「一気に仕掛けた網を引き揚げたらそうそうに江戸を立ち去り、騙し取った品を在所で売り捌《さば》く算段にかかるのではないかね。そして、またほとぼりが冷めた頃合い、江戸に舞い戻って繰り返すってわけだ」

「うちの縄張り内でそんなことを繰り返させてたまるものか」

彦四郎の猪牙はいつしか大川を遡上《そじょう》し、小名木《おなぎ》川へと入っていた。そしてさらに小名木川から深川上大島まで東進し、南十間《じっけん》川に移るとあとは一気に天神橋を潜って十間川、亀戸天満宮の門前町の船着場に到着した。

「彦四郎、御用が終わったら一緒に昼餉をとろうか、もうしばらく辛抱しておくれ」

と言い残した政次ら三人は、常丸の案内で門前町の中ほどにある川魚料理の加賀梅を訪ねた。

「おや、金座裏の手先さん、またなんぞ御用ですか」

と女衆が常丸を見て声をかけた。

「たびたびすまねえ。此度は金座裏の若親分を同道してきた。番頭さんと女将さんにもう一度手間を願いたい」

と常丸が願うと女衆が政次をちらりと見て、

「あいよ」

と奥に引っ込んだ。

もう昼餉の時分は過ぎていたが亀戸天満宮にお参りにきた客が座敷に上がって酒を飲んでいる雰囲気が店先まで伝わってきた。

「金座裏の、うちの隠居は三年前に亡くなりましたと最前申し上げましたよ、そんな詐欺師の爺様に知り合いはございませんよ」

と言いながら婀娜《あだ》っぽい年増の女とその後から番頭が従ってきて、

「おや、金座裏の若親分さんって、まだお若いんですね」

とじいっと政次を見ていたが、

「あら、どこかで見た顔だけど」

と訝しい表情を見せた。

「おはな様、加賀梅の女将さんでしたか。松坂屋の手代の政次にございます」

あっ！

と驚きの声を上げたおはなが、

「そうだったわ。松坂屋の手代さんが金座裏の後継ぎに入ったとだれかから聞いたばかりだったのに、うっかりとしていたわ」

と言うともう一度政次のなりをみて、

「もはや松坂屋の手代さんの雰囲気はどこにも残っておりませんよ。立派な金座裏の若親分です」

とようやく落ち着いたか、艶然《えんぜん》とほほ笑んだ。

「おはな様、番頭さん、こちらの名を騙って江戸市中で詐欺を働く年寄りと孫娘の人相描きです、ちょいと見てくれませんか」

と画帳を出すと、

「見ても分かると思いませんけどね」

と言いながら広げられた画仙紙の中の正右衛門を見て、おはなと番頭の顔が凍り付いた。そして、番頭がしほが描いた風呂敷の家紋の梅鉢を差して、

「うちの家紋にございますよ、女将さん」

と恐ろしげに漏らした。

四

「どうやら知り合いのご様子ですね」

「いえ、そんな筈はございますまい」

政次の問いに番頭が首を横に振った。

「おはな様、心当たりがある人物なれば話してくれませんか。こちらに悪いようには決して致しません」

政次の言葉に、

「茂兵衛《もへえ》さん、若親分方を奥に通して下さいな」

と潔く決心した体のおはなが番頭に命じた。

川魚料理屋の帳場で、

「若親分、うちの主の八左衛門にございます」

とおはなが加賀梅の当代を政次に引き合わせた。

政次は八左衛門に会釈すると改めてしほの画帳を広げて見せた。すると八左衛門が、

「恐ろしいことができるものですね」

と呟くように洩らした。

「いえ、当人を見ずしてこの風貌を捉えた若親分の嫁様の腕前に魂消《たまげ》ました。このようなことが出来る方がおられるのですね」

としほの絵の腕前を褒めた。

「このお方、こちらと所縁がございますので」

「娘さんに覚えはございません。ですが、隠居然とした年寄りは亡くなった先代の異母弟、私らにとって叔父《おじ》の寛次郎《かんじろう》に似ております。もう十八、九年は会ったことはございません。この皮肉そうな笑みを浮かべたところなど昔の寛次郎叔父の面影を彷彿《ほうふつ》させます」

「寛次郎さんとこちらは絶縁をなさったのでございますか」

はい、と頷いた八左衛門が、

「おはなと私は従兄《いとこ》弟同士の夫婦ゆえこの話、おはなも小さい頃から周りから聞かされて育ったことにございます。なにしろ私らにとって爺様が外で生ませた子の話ゆえ、私たちがこの世に生を受ける以前の騒ぎは承知しておりません。また、どのような経緯でわが家に奉公するようになったかも存じません。寛次郎叔父は私たちが物心ついた折には親父の下で庭番や飯炊きなど男衆を務めておりました」

と前もって断って話を始めた。

「先々代のころは小さかった川魚料理屋ですが、先代が後を継いだころから亀戸天満宮に参詣《さんけい》の人が急に多くなり、二階建ての料理茶屋を新築してこのような体をなしたのでございます。寛次郎叔父は親父の異母弟ということを隠して、男衆に甘んじて働いておりました。ところが加賀梅の商いが大きくなり、客が多くなりますと、寛次郎叔父は、この家の主の弟でありながら下男同然の扱いを受けておると外で不満を漏らし始め、それが親父の耳に入っていたようです。ですが、親父は実際に爺様が外で生ませた弟なのは事実だと素知らぬ体を何年か通してきたと聞いております。

騒ぎが始まったのは、まだ生きていた婆様が余所《よそ》様から寛次郎が、おれはこの加賀梅の血縁、身代の分け前を与《あずか》る身だと言い触らしているのを聞かされたことが発端でした。そのころは私も十五、六でしたから大騒ぎはよう記憶しています。

婆様が血相変えて家に戻ってきて親父を同席した場に寛次郎を呼び付け、寛次郎、おまえは確かにうちの爺様が深川の安女郎に産ませた子供だが、誕生の折にそれなりの金子を渡してうちとは関わりがないとの一札《いっさつ》も入れておる。おまえはただの下男、加賀梅の身代の分け前に与ろうなんて考えているようなれば、この家から追い出すと厳しく叱《しか》られたようです。その夜、寛次郎は帳場の銭箱から何十両かくすねてうちから姿を消したのです」

「以来、消息は知りませんか」

「いえ、寛次郎がうちの銭箱に手をつけた理由があとで判明致しました。なんでも深川石場の遊女と馴染みを重ねていたらしく、うちからくすねた金で身請《みう》けをして江戸から姿を消したのです。それから何年か経《た》った頃、婆様が亡くなる前の年だと覚えていますが、寛次郎はうちの爺様の悪い血をひいて、すべた女郎に入れ込むよ、八左衛門、そなたは加賀梅の主になる人、遊んでもいいが吉原で松の位の太夫《たゆう》と呼ばれる遊女と浮名を流しなされと言われたことを覚えております」

「あら、そんなことを婆様が言われたの」

「寛次郎の似顔絵を見せられたら、そんなことを思い出したよ」

と加賀梅の主夫婦が言い合い、

「寛次郎叔父はそんな経緯からうちに後ろ足で泥をかけて逃げ出した男です。お上に届けるかどうか、うちでも話し合われたようですが、死んだ爺様の恥をこれ以上世間に曝《さら》すことはあるまいと、くすねた金子を手切れ金と考えたようで、義絶されたのです、金座裏の若親分」

と八左衛門が説明を終えた。

「その時以来、こちらに顔見せしたことはないのですね」
ござ いません、と八右衛門は顔を横に振り、
「五、六年前のことでしょうか、この界隈の方々が成田山新勝寺にお参りに行ったことがございます。行徳《ぎょうとく》の塩浜で働く爺様が寛次郎叔父に似ていると知らせてきたことがございます。寛次郎が身請けした女郎の出が行徳村だと聞いたことがございますし、婆様がいつも寛次郎叔父を叱るときには、おまえは加賀梅の血なんぞこれっぽっちも引いてない、行徳の塩浜の人足《にんそく》の家系じゃあと言っていたことを覚えておりますから、寛次郎叔父の母親かなにかが行徳に地縁があったと思われます」

行徳船場には江戸小網町三丁目の行徳河岸より船が出ていた。成田山詣《もう》での行徳船で小網町より行徳まで水路三里八丁ほどあった。

政次と常丸を乗せた彦四郎船頭の猪牙舟が行徳船場の杭《くい》に舫《もや》い綱を結び付けられたとき、ゆるゆると初夏の夕暮れが訪れようという刻限だった。

亀戸天満宮門前町の川魚料理店加賀梅から広吉を金座裏に戻して、加賀梅で聞き知った事実を宗五郎に報告させるとともに、政次は行徳に寛次郎の消息を訪ねてみようと急行してきたところだ。

行徳船場には人影はなく、船場界隈に軒を連ねる茶店や食い物屋もすでに暖簾《のれん》を下ろしていた。

「若親分よ」

と彦四郎が呼びかけると、

「この行徳船場が賑わうのは成田不動尊の初詣の正月と、五月と九月の大祭のときだ。今は日中だってそう成田山詣での人は多くあるめえ。茶店だって半分は店を閉じているはずだ。うまいこと寛次郎が見つかるといいがね」

と閑散とした船場を見渡した。

「どこぞ旅籠《はたご》でも見つけようか」

と政次が言い、常丸が猪牙舟から真っ先に飛び降りると白い犬がうろつく船場に明かりを探した。

「若親分、あそこに旅籠らしきものが見えるぜ」

と船場の奥を差して、小走りに向かった。

彦四郎も政次に従う気か、櫓を舟に上げ、顔を政次に向けた。

「若親分よ、ふと亮吉のことが頭に浮かんだぜ」

「あいつが一人で思案していると思うと、そのことが気にかかっていたんだがね、間の悪いことに御用と重なった」

むじな長屋の住人の壁塗り職人平次が普請場で怪我をして、その治療代を捻出するために姉娘のお菊が岡場所に売られるかもしれないというので、亮吉はむじな長屋に戻っていた。

そんな最中《さなか》に此度の掏り替え詐欺が起こったのだ。

「あいつも十七、八の餓鬼じゃねえや、もう分別を身につけていよう。いかに裏長屋暮らしとはいえ、出来ることと出来ないことがあらあ。他人様《ひとさま》の内緒ごとには首を突っ込み過ぎてもいけねえくらい分かろうじゃないか」

「彦四郎の分別があればいいのだが」

と案じる政次の視界に一軒の旅籠の軒下から常丸が手を振っているのが見えた。

政次と彦四郎が旅籠に行くと常丸が番頭と話していた。

「江戸から御用ですって、おまえさん方も大変だね」

行徳船場の旅籠の二階からは泊まり客の気配が伝わってきたが満室とも思えなかった。

「番頭さん、金座裏の若親分だ」

と常丸が政次を紹介した。

「造作をかけます」

と政次が丁寧に頭を下げると番頭は政次と彦四郎の二人を見上げて、

「若親分さんも兄さんも天狗《てんぐ》様みてえに大きな体だねえ。これで太っていたら立派な相撲《すもう》取りですよ」

とまずそのことに呆れた様子を見せた。

「むじな長屋という貧乏長屋に育ったら、どういうわけか雨後の筍《たけのこ》のようにすくすくと伸びちまったよ」

と彦四郎が笑い、政次が懐からしほの画帳を出して広げた。

「番頭さん、この年寄りを知りませんか」

初老の番頭が目を細めて画帳を見たが、

「夕暮れどきはいけません、鳥目かねえ、ぼやけて見えやしませんよ」

と上がりかまちの行灯《あんどん》の下に画帳を持っていき、改めて人相描きを見ていたが、

「なりは変わっているが、塩浜人足の寛次郎じゃないかね」

と呟いた。

「寛次郎に間違いございませんか」

「女郎上がりの母親がこの土地の出でねえ、江戸から戻ってきたとき、赤子を抱えて

戻ってきたと、この土地で評判になったそうな、といっても大昔の話だ。赤子だった寛次郎は十五、六から塩浜人足をやってましたがね。あるとき、江戸に稼ぎに出ると言って七、八年余り、いなくなったことがありますよ。そしたら、おっ母さんと同じように今度は当人が女と赤子を連れて舞い戻ってきて塩浜の人足に逆戻りだ」

と番頭は明かりの下で仔細に絵を見ていたが、

「あれ、この娘、孫のおたかじゃないか」

と言った。

「番頭さん、今も寛次郎一家はこの行徳に住まいしているのですね」

「一年も前の話かねえ、寛次郎と孫のおたかが行徳船に乗り込むところを見かけたのでさ、寛次郎さん、江戸に行くかね、と問うたら、おれの兄さんが江戸で大きな商売をしているんで、ちょいと分け前に与りにいくなんて冗談とも本気ともつかないことを抜かした上にさ、戻ってきたら行徳で茶屋か旅籠屋を開くなどと大きなことを言い残して姿を消しましたがね。そのあと、家族も姿を消したので、おたかも姉のおしんも江戸で岡場所に売られているよなどと口さがない噂《うわさ》が船場界隈に流れましたっけ」

「寛次郎の家族はみんないなくなったんですね」

「いや、寛次郎の女房の婆様が塩浜のあばら家に独り住んで、寛次郎らの帰りを待っていますよ」

　それを聞いた政次が、

「番頭さん、今晩、私ども三人厄介になりますよ」

「ならば濯《すす》ぎ水を用意させます」

「いえ、その前に塩浜のあばら家を訪ねてみたいのですが、およその場所を教えて下さいな」

「行徳の塩浜は成田街道にそって十八か村に広がっておりますがな、寛次郎のあばら家は海厳山徳願寺の裏手の松林の中の一軒家ゆえ直ぐに分かりますよ」

　と教えてくれた。

「彦四郎、こちらで休んでいるかえ」

「若親分、やめてくんな。退屈してしようがねえよ、こんなときでもなきゃあ、行徳の塩浜は見られまい。おれもいく」

　と三人で船場からまず徳願寺を目指すことにした。

　寛次郎一家が暮らしていたあばら家は徳願寺の裏手、塩浜を目の前にした松林にあった。

　傾きかけた小さな藁《わら》葺《ぶ》き屋根でひっそり閑としていて、寛次郎らが戻ってきた様子はない。だが、屋根の下には確かに人が暮らす気配がしていた。

「どうしたものかね」

彦四郎がまるで金座裏の手先になったように腕組みして思案した。

「彦四郎が見たいという塩浜に出てみようか」

この刻限だ。

政次は塩浜に出ても人に出会うとも思わなかった。それでも寛次郎らが江戸から舞い戻っていないことをだれかに確かめたくて塩浜に出ることにした。

日は落ちたが月明かりに広大な塩浜が三人の前に広がっていた。

塩浜には所々に苫《とま》屋根を葺いた小屋が散見されて、煙が上がっているところもあった。そんな一軒の苫小屋から男衆が姿を見せた。

常丸が人影に向かって走り寄り、政次の傍らに連れてきた。

「若親分、寛次郎らはやはり行徳に戻った様子はないそうだ」

塩水がかかって乾いたのだろう、縞《しま》模様が見えないくらいがばがばのぼろ衣を着た人足が、

「おまえさん方、江戸から見えたか」

「いかにも江戸から参りました」

と政次が答えると、

「十手持ちだね。寛次郎爺め、でかいことばかり抜かしていたが、なにをやらかしたね」

「でかいこととはなんですね」

「塩浜の権利を買い取るだの、行徳船場で旅籠を開くだの、そんなことだよ。寛次郎の女房おきんに昨日会ったが明日にも寛次郎らがお宝を抱えて行徳に戻ってくると話していたよ」

と人足が言った。

「いいことを聞かせてくれましたね」

政次は財布から一朱を出すと、

「私たちに会った話、おきんに黙っていてくれると有難い」

と相手の手に握らせた。

「親分、悪いな。おれたち、塩浜人足はよ、寛次郎の人を小馬鹿にした態度が嫌いなんだよ。お互い褌《ふんどし》一つでよ、塩浜で働いてきた仲じゃねえか。それが急にどこぞから遺産が入るだの、塩浜の権利を買って主になるだの、聞き辛《づら》い」

と口を噤《つぐ》んでいることを約束した。

その夜から政次、常丸の二人に彦四郎も加わって交替で猪牙舟に見張りに立つことにした。残りの二人は成田山への講中の泊まり宿安房屋《あわや》に仮眠して体を休める作戦だ。寛次郎らが江戸から戻ってくるとしたら、間違いなく江戸からの行徳船か、借上げ船で行徳船場に姿を見せると考えたからだ。

おたかの姉娘の婚礼道具と騙した品々は江戸で処分すれば足がつく、江戸を逃れた寛次郎一味はまず行徳に舞い戻り、この界隈で品物の処分にかかると想像された。

行徳船場の見張りの一晩目は何事もなく過ぎた。

政次らは江戸の小網町からの行徳船が到着する度に目を光らせたが、その気配はなかった。

晩春の長閑《のどか》な一日がゆるゆると過ぎていき、政次は前夜から三度目の見張りに就いた。

最後の行徳船が着いて船着場界隈は急に人影が消えていった。

政次が流れの淵《ふち》で体を洗われる牛を見ていると、

「若親分、見張りは長くなりそうかね」

と彦四郎の声がした。

振り向くと彦四郎と常丸が猪牙舟に乗り込んできていた。

「彦四郎、いつまでも金座裏の御用に付き合わせるわけにはいかないな。今晩、何事もなければ明日の朝には彦四郎だけ引き上げておくれ」

政次は、金座裏に戻した広吉を通して宗五郎から綱定《つなさだ》の大五郎《だいごろう》親方に彦四郎と猪牙舟で行徳船場まで遠出することを断っていた。かといって際限のない見張りにいつまでも彦四郎を付き合わせることはできないことも承知していた。

「致し方ないか」

と彦四郎も得心した。

三人はなにげなく夕霞にかすむ中川の流れに目をやった。

晩春の川が暮れなずむ光景は三人の心に江戸から離れた旅情を感じさせた。

「あれ」

と常丸が驚きの声を上げた。

一艘《そう》の荷船が行徳の船場に向かってくるのが確かめられたからだ。

近付く荷船の舳先《へさき》に人影が立っていた。

「若親分、加賀梅の隠居の正右衛門を自称した寛次郎だぜ」

常丸が興奮を抑えた声で言った。

「彦四郎、どうやら間に合ったよ」

ああ、と頷いた彦四郎も政次らも猪牙舟の浅い船縁《ふなべり》にしゃがみこんで顔だけ上げて、

「江戸で掏り替えを働いた連中は寛次郎の眷属《けんぞく》かね」

「どうやらそのようだ」

寛次郎の背後に男女がおよそ五、六人同乗して、なんと船頭は江戸橋際の船宿玉藤の印半纏《しるしばんてん》を着込んだ男だった。

「勇吉が寛次郎一味と同道しているぜ」

と同業ゆえ顔を承知の彦四郎が驚きの声を洩らした。

荷船の真ん中には筵《むしろ》をかけられた荷がうずたかく積まれていた。数多の江戸の老舗から騙した婚礼の道具だろう。

三人が船場の端に舫われた猪牙舟に潜んでいるとも知らず、荷船は行徳船場に舳先を着けた。

「明日にも塩浜と旅籠の権利を買い取りますよ」

「爺、婆が待つあばら家とも今晩かぎりだね」

とおたかと思《おぼ》しき孫娘が言った。

「ああ、おわりだ」

と寛次郎が誇らしげに答えたとき、彦四郎が猪牙舟の舟底から立ち上がり、舫い綱を外すと棹を使って、すいっと荷船に寄せた。

「加賀梅の隠居正右衛門こと塩浜人足寛次郎、そなたらの掏り替え詐欺の詳細、金座裏の目に留まらぬと思われましたか。おまえ方の夢は行徳船場で潰《つい》えたと思いなされ」

と政次が高らかに宣告して、寛次郎の体が愕然と荷船の舳先に崩れ落ちた。

第四話　涙の握り飯

一

元塩浜人足《にんそく》の寛次郎《かんじろう》とその一族が江戸の老舗《しにせ》を相手に婚礼道具を注文し、一旦《いったん》代金を支払っておいて、直《す》ぐその後に品を返して代金と交換するという、実に手の込んだ巧妙な、

「婚礼道具掏《す》り替え詐欺」

の全容がかわら版に載って江戸じゅうに告げ知らされた日、政次《せいじ》らは南茅場町《みなみかやばちょう》の大《おお》番屋《ばんや》に神輿《みこし》を据えて、被害に遭《あ》った品々と騙《だま》し取られた代金の返還に大わらわになっていた。

大番屋に被害を受けた店《たな》の主《あるじ》や番頭を呼び出して、品を改めさせて返却するためだ。

幸いなことに寛次郎一味は騙し取った道具類の何一つとして手を付けていなかった。

そのため、こちらは問題ない。

厄介なのは代金の返還だった。

寛次郎の娘婿の伴次《ばんじ》が行徳の塩浜の手代《てだい》をしていたこともあって帳付けが出来た。備忘録か詐欺日誌か、寛次郎の命《めい》で伴次は克明な、金銭出納簿《すいとうぼ》と仕入帳を付けており、二つの帳簿を照らし合わせれば、どこの店にどのような品を頼み、お代はいくらいくらでそのために掛かった費用はいくらということが一目瞭然《いちもくりょうぜん》に判明した。

その帳簿によれば、寛次郎一味が江戸で働いた婚礼道具掏り替え詐欺で得た品々の値は、なんと十三店七百五十三両に達しており、寛次郎らも一世一代の大商いの稼ぎの目標を千両と定めたようだが、その七割五分に終わっていた。それでも莫大《ばくだい》な荒稼ぎだった。

そのために一族が江戸に滞在して使った費用はおよそ百三十一両と三分《ぶ》、その他、江戸橋の船宿の玉藤《たまふじ》の宿泊代や飲み食い代があった。

ともかく掏り替えられた十三店の婚礼道具が大番屋の板の間に広げられた光景は、

「壮観」

の一語に尽きた。

吟味方与力今泉修太郎《いまいずみしゅうたろう》の監督の下、政次が次から次へと道具の返還を求めてきた主や番頭に応対していると、

「金座裏《きんざうら》の若親分、此度は大変お世話になりました」

と挨拶《あいさつ》する人物がいた。番頭の佐吉《さきち》を従えた輪島屋《わじまや》の主の忠太郎《ちゅうたろう》だった。

「此度はお上に迷惑をおかけ申し誠に恐縮の至りにございます。その上、品ばかりか詐取された代金まで若親分の迅速な探索にて戻ってくることになり、なんとお礼を申してよいやら言葉もございません」

と丁重に忠太郎が頭を下げた。佐吉も、

「私は長年奉公して貯めた給金を旦那様にお返しする覚悟をしておりました。若親分、このとおりでございます」

と両手を合わせて感謝した。

「佐吉さん、これが私どもの御用にございます」

と政次が答え、今泉に同道していた寺坂毅一郎が念を押した。

「輪島屋、そのほうの被害の値は七十二両二分であったな」

ふーう
と大きな息を一つ吐いた佐吉が、

「いかにもさようです。いえ、うちは誂《あつら》えた品々が戻ってくれば文句はございません」

と応じ、忠太郎も、

「私どもはお客様の注文に合わせ、誠心誠意お道具を拵《こしら》えます。それを騙し取られ、何処《いずこ》ともしれず売られるかと思うと、それが腹立たしゅうございました。金座裏の若親分の手でこうして誂えた道具が戻ったのです。それがなにより嬉《うれ》しゅうございます」

と答えると、その場に居あわせた老舗の主や番頭たちが大きく頷《うなず》いた。

「私どもはこのお道具をお店に持ち帰り、お祓《はら》いを受けて清めたあと、新たな嫁入り先を見つけます」

と忠太郎がどこか思案が立っている表情で言い切った。

南茅場町の大番屋から輪島屋たちが姿を消して、今泉修太郎や寺坂毅《てらさかき》一郎《いちろう》ら北町奉行所の面々と金座裏の政次らだけが残った。

寺坂ががらんとした板の間を見て、

「最前まであれほど華やかだった板の間がいつもの殺風景な大番屋に戻りましたな」

と呟《つぶや》いたものだ。

「なにはともあれ一件落着だ」

「今泉様、寛次郎はどうしておりますか」

行徳《ぎょうとく》船場で待ち受けた政次らに抵抗もすることなくお縄を受けた寛次郎のことを気にしたのだ。

「あの者、存外に神妙でな、私の他は私の命で動いただけ、善悪の是非も分かっておりません。どのような厳しいお沙汰《さた》もお受けいたしますので私の命に代えて一族の者にはお情けをと嘆願しておる。手の込んだ掏り替え騒ぎの割には品もすべてが戻ったことだ、早々お沙汰が下されよう」

と今泉が政次に説明し、

「ただな、寛次郎の加賀梅《かがうめ》に対する恨みはかなり深いようで、私の最後の仕事は加賀梅を潰《つぶ》すことにございましたがそれが叶《かな》わなかったのが一番の心残りと幾度も繰り言を言っておったわ」

「加賀梅も先々代の遊びのツケを何十年後に支払わされようとは努々《ゆめゆめ》考えもしなかったことでしょう」

「これほどの掏り替え詐欺を思いつく寛次郎め、その知恵を他で活かす道はなかったか、残念至極じゃな」

と言い残した今泉修太郎らは、大番屋前の船着場に止めた奉行所の船で北町奉行所に戻っていこうとした。そのとき、ふと思い付いたか、今泉が政次を呼んで何事か告

げ、政次も頷いて、

「畏《かしこ》まりました」

と答えていた。

初夏を思わせる青空が広がって燕《つばめ》が日本橋川の水面《みなも》を低く飛んでいた。

「さて、最後の御用だ」

政次にはもう一つ用事が残っていた。

八百亀《やおかめ》と常丸《つねまる》が従い、楓川《もみじ》を海賊橋で渡った。

「若親分、亮吉《りょうきち》が金座裏に姿を見せねえな」

と八百亀が政次の気にしていたことを言い出した。

「むじな長屋のおっ母さんのところに居続けですか」

「いや、その辺がはっきりしないんで」

歩きながら政次が八百亀の顔を見た。

「お菊《きく》はどうなりました」

「板橋宿の飯盛《めしも》り宿に十八両で売られることが決まったらしい」

「たった十八両で苦界《くがい》に身を沈めるのですか」

「お菊の体がまだ大人になりきってねえとか、口利きの女衒《ぜげん》に値を叩《たた》かれたらしいや」

「いつむじな長屋を出るんです」

「二、三日うちに板橋宿に引き取られるそうな。もう手付けが打たれて証文も交わされているって話だ」

「まさか亮吉は十八両を工面しようと駆けずり回っているのではないでしょうね」

と政次はそのことを案じた。

「亮吉が金座裏にも顔を出さない、むじな長屋にいるかいないか分からない陰にはさ、どうも親分が軍師で控えてよ、あれこれ知恵を付けていなさるんじゃないかと思うんだがね」

と八百亀が思いがけないことを言い出した。

「親分もこの一件についてわっしらになにも言いなさらねえ。だが、なんとのう、そんな気配がするんだがね」

「長年、付き合いのある八百亀の兄さんの勘ですよ、当たってましょう。ならば親分と亮吉にこの一件任せて、私どもはしばらく様子を黙って見てましょうか」

「それがいい、若親分」

と八百亀が答えたとき、三人は江戸橋の南詰の暖簾《のれん》を上げる船宿玉藤の店前に到着していた。川向こうの魚市場の河岸《かし》には江戸湾で獲れた魚を運んできた押送り船や漁師船が無数止まり、買い出しにきた仲買人の小舟が往来して賑《にぎ》やかだ。だが、こちら岸は船宿が軒を並べて、なんとなく長閑《のどか》な風情だった。

「ご免よ」

と常丸が船宿の暖簾を分けた。

船宿は緊張が漂うようで森閑としていた。

「どなた様」

と女将《おかみ》のこいねが姿を見せて、

「若親分、此度は勇吉《ゆうきち》の馬鹿がご厄介をかけまして、なんとも言いようがございません」

とその場に膝《ひざ》をつくと結い立ての島田髷《まげ》を下げた。そして、

「おまえさん、金座裏の若親分ですよ」

と奥に声をかけ、

「政次若親分、どうか奥へ通って下さいな」

と政次らを帳場に上げた。

主の剛三郎《ごうさぶろう》が、

「政次さん、なんとも申し訳がねえ。まさか、勇吉の野郎が詐欺師の一味にくっ付いて歩いているなんて考えもしなかった。うちじゃあ、勇吉がどこかで殺されたんじゃねえか、となると弔《とむら》いはどうするだなんて先走ったことまで案じていたんだ。行徳からあいつが一味と一緒にお縄になって江戸に連れ戻されたって奉行所から聞かされてよ、おれもこいねもぶっ飛んだぜ」

と早口で捲《まく》し立てた。

「さぞびっくりなされたことでしょうね」

「若親分、勇吉の身はどうなるのでございますか」

「勇吉は、ぼおっとした年寄り船頭で寛次郎の供をするうちになんとなく懐柔されたのでございましょう。事の是非も分からないまま、寛次郎の手伝いをしたり、船頭を務めたりしていたようです。つい最前、吟味方与力の今泉修太郎様が、はっきりとした身許《みもと》引受人がいるなれば、勇吉の身柄を引き渡してよいと申されました」

「ありがてえ」

と剛三郎が手を打った。

「うちじゃあ、縄付きを出すんじゃないか、となるとこの商売にも差し障りが出て、船宿の鑑札も取り上げられるんじゃないかと案じていたところですよ。若親分のお陰で助かりました、恩にきます」

　とこいねが涙ぐんだ。

「女将さん、親方、こちらは被害者だ。寛次郎と孫娘二人の逗留代《とうりゅう》、ひっ掛かってお
りましょう」

「いえ、商いを続けられるならば、あの爺様《じい》と孫娘の逗留代や船賃など、なんてこと
はありませんや。わっしら、これから船宿稼業に徹して、決して馴染《なじ》みの客だと申せ、
長逗留をさせるようなことは致しません」

　と剛三郎が自らに言い聞かせた。

「それがようございます」

　政次は懐から紙包みを出して、二人の前に差し出した。

「寛次郎一味が騙し取った品々はすべて十三軒のお店にそれぞれ返却したところです。

客の注文に合わせて誂えた婚礼道具です、それを別の客に売るにはだいぶ値を下げね
ば売れますまい」

「いかにもさようでしょう」

「奉行所に願ってこちらの逗留代の一部を預かって参りました」

「なんですって」

「寛次郎が懐に抱えていた小判の一部です。親方、中には十両入ってございます、御用の金子《きんす》ゆえ書付けを頂戴《ちょうだい》して参りますよ」

　と政次が言うと、剛三郎が、

「こいね、政次さんがうちのひっ掛かった金子まで工面してくれたぜ」

「思いがけない十両、なんぞ生きた使い道を考えなくちゃあね」

　と言うとこいねが包みを受け取って伏し拝んだ。


　政次らが金座裏に戻ったとき、昼の刻限だった。だが、金座裏にはおみつやしほなど女ばかりで、このところ、居間に鎮座して菊小僧《きくこぞう》の相手をしていた宗五郎《そうごろう》の姿もなかった。

　政次は神棚を見て金流しの十手《じって》がないことを確かめて台所に行くと、

「ご苦労だったね」

　と大番屋での御用をおみつが労《ねぎら》った。

「おっ養母《か》さん、しほ、親分はお出かけですか」

「四つ（午前十時）過ぎにちょいと思い付いたことがあると出かけたがね、出かけた先は言い残していかなかったよ、珍しいこともあるもんだ」

「手先《てさき》は伴いましたか」

「いや、それが一人だよ」

とおみつは訝《いぶか》しい顔をした。

政次はしほを見た。

「私にもなにも」

と答えたしほが、

「なんとなくそう思ったのですが、亮吉さんに会いにむじな長屋に出かけられたのではありませんか」

と言い出した。

「しほ、むじな長屋ならむじな長屋と言い残していこうじゃないか」

「親分、やはりそうか」

と八百亀が言った。

「おや、八百亀もそう思うのかえ」

おみつが見た。

「ここんとこさ、御用を若親分にまかせっきりで菊小僧の相手をしていなさったがさ、なんとなく手持無沙汰《ぶさた》で寂しいんじゃねえかね。親分だってよ、親分自ら手掛けるような騒ぎがないのは、江戸が平穏な証《あかし》だということをとくと承知だね。それで亮吉が気にかけていたお菊の身売り話を突いてみる気になったんじゃないかえ」

　と金座裏の番頭格が推測した。

「それならそれで言い残していくがいいじゃないか。おかしな親分だよ」

「だからさ、隠居仕事の手遊《てすさ》びと考えてよ、ちょっと言いづらかったんじゃないか」

「男っていつまでたっても奇妙な代物《しろもの》だよ。菊小僧の髭《ひげ》なんぞを摘《つま》んでいたかと思うと、むじな長屋にお籠《こも》りの亮吉の援軍だって」

「おっ養母さん、この話、知らぬ振りして親分と亮吉に任せておいたほうがよさそうだ」

　政次の言葉におみつが、ふうんと応《こた》えて、

「ならば残ったもので昼餉《ひるげ》にするかねえ」

　と言ったものだ。

　宗五郎も亮吉も金座裏になかなか戻ってこなかった。そして、七つ（午後四時）を過ぎた刻限、亮吉の母親のおせつが金座裏に姿を見せて、応対したおみつに、

「おかみさん、親分がね、うちの独楽鼠《こまねずみ》を連れて板橋宿に出掛けられてさ、仁左《じんざ》親分のとこに泊まり込みだってよ」

と知らせてきた。

昼から町廻《まちまわ》りに出ていた政次らはおせつから齎《もたら》された話をおみつから聞かされたが、ただ頷いただけだった。


夕暮れ前、町廻りの手先たちが戻ってきて金座裏が賑やかになった頃合い、訪《おとな》いを告げる声がしておみつが応対に出ると輪島屋の主の忠太郎、番頭の佐吉が手代二人に担がせた品を運びこんできた。

「おかみさん、宗五郎親分に挨拶に伺いました」

「生憎《あいにく》宗五郎は御用で板橋宿まで出かけて今晩は留守なんでございますよ」

「若親分とお嫁様はおられますか」

「若夫婦はおりますが」

おみつは輪島屋の一行を座敷に上げ、政次としほを呼んだ。

「若親分、最前は誠にありがとうございました」

「いえ、御用にございます」

「若親分としほさんにちょいと願い事があって参りました」

改まった忠太郎の言葉にしほが政次を見た。政次も願いの筋が思い当たらなかった。

「いえね、最前お戻し頂いた特別誂えの婚礼道具の漆器、飯椀、吸物椀、煮物椀、銘々皿、片口、椿皿《つばきざら》、大皿、箸《はし》五客揃《そろ》いをうちが氏子《うじこ》の日吉《ひえ》山王権現《さんのうごんげん》に運び込み、お祓いを受けて参りました」

寛次郎に騙し取られた品物に傷がついたと、そのことを気にしてのことだろう。

「若親分にこの道具が生まれた経緯を説明するまでもありますまい。私と番頭の佐吉がこの道具の今後のことを話し合いました」

「ほう、今後のこと」

おみつが首を傾《かし》げた。

「もしよかったらこの道具、政次さんとしほさんにお遣い頂けませぬか。道具はうちの職人が精魂こめて作り上げた漆器、どこに出しても恥ずかしくはございません」

驚く政次の目の前でお祓いを受けてきた漆器が取り出された。

「これは」

おみつが絶句するほどの朱塗の椀が鏡のように滑らかに艶やかに輝いた。

「輪島屋様、このような高価なものは駆け出しの私ども夫婦には不釣り合いにございます」

政次がきっぱりと断った。

「申されますな。輪島の漆器は使い込むうちに風合いが増します。と申しますのも椀木地は樹齢百年以上の欅《けやき》の木を選び、その木からわずか百の椀しかとれませぬ。木地師が木の命を椀に封じ込め、塗り師が下地塗をして器の姿を、かたちを整え、木地に十分漆を染み込ませて、何度も何度も塗り重ねます。上塗りは精製した上質の漆を刷《は》毛《け》で塗りますが熟練の技でございます。これを乾燥させて、塗立仕上げ、あるいは花塗とよばれる職人の腕の見せどころの工程に入ります。最後は花塗をこのように鏡の表面のように磨く呂《ろ》色《いろ》仕上げです、かような長い歳月と職人の熟練とで作り上げた輪島塗は使い込んで風合いと価値がますものなのです。政次さんとしほさんの若夫婦が共白髪《ともしらが》に至るころ、この吸物椀も朱塗がいい色合いに年を重ねておりますよ。どうか私どもの気持ち、お納め下さい」

と忠太郎と佐吉が頭を下げた。

二

その刻限、宗五郎は板橋宿乗蓮寺《じょうれんじ》門前で一家を構える仁左親分の奥座敷の縁側にいた。膝の上に飼い猫の菊小僧がいないのがなんとなく物さびしく感じられた。

乗蓮寺の境内には板橋宿の名物女男松《めおとのまつ》と相生杉《あいおいのすぎ》の大木が立っていて、遠くからでも

望めたが、そのせいで先代の銀蔵《ぎんぞう》は、

「女男松の親分」

とか、夜を徹して宿場の御用を務めるところから、

「徹夜の銀蔵」

と呼ばれていた。

その銀蔵が死んで手先だった仁左が銀蔵の十手稼業を受け継ぎ、銀蔵の一人娘のはるは、母親のおかねと一緒にもう一つの家業の二八蕎麦《そば》屋を引き受けて、銀蔵の死の哀《かな》しみをなんとか乗り越えたところだった。

「金座裏の親分さん、最前から縁側で年寄り猫のように香箱をつくってなさるが、退屈ではありませんか」

とおはるが背に子をおぶって顔を覗《のぞ》かせた。

「なんの退屈なんぞするものか。銀蔵親分に若い時分、あれこれと窮地を助けられたななどと無鉄砲の数々を思い出しているとよ、はる、なんだかおれもそろそろお迎えかなと思うているところよ」

「あぶないあぶない。うちのお父っつあんも昔を振り返るようになって気力も体力も急に失《う》せましたよ。親分さんは未《いま》だ五十路《いそじ》にほど遠い、老け込むにはだいぶあるよ。

いくら政次若親分がしっかりしていなさるからといって、まだまだ九代目に比べれば、ひよっこですよ。あと少なくとも十年、いや、十五、六年は金流しの十手を背に差し落として悪党どもに睨《にら》みを利かせて下さいな」

「はるの子をお守りしているほうが似合いと思うがな」

「そのことならば政次さんとしほさんに子が生まれますよ。だからと言って宗五郎親分が孫をおぶって江戸の町を歩いていたら、松坂屋《まつざかや》さんの隠居や豊島屋《としまや》の清蔵《せいぞう》旦那がさぞやがっかりなさいましょうね」

「そうかねえ、はるが知ってのとおり、うちには子が生まれなかった。それが急に政次としほという、しっかり者の孝行息子と出来過ぎた嫁が出来て、今度は孫か。世間で孫は子よりかわいい、目に入れても痛くないなんぞというがね」

蕎麦屋の店先で大声が上がった。

「やいやい、この店は蕎麦汁に蠅《はえ》を入れて出すのか!」

「兄さん、止《や》めておくれな。うちははばかりながら蕎麦は売っても蠅は売りませんよ」

と後家になったおかねの鉄火な啖呵《たんか》が聞こえた。

宗五郎がおかねの威勢のいい声を聞いて思わず、にやりと笑った。

「おっ母さんはいつまでも若いや」

「親分さん、一刻前から居座るいけすかない客がいるんですよ。半端やくざと浪人者の三人組で酒をすでに一升五合は飲んでおりましょう」

と宗五郎に言い残してはるが座敷から店に出ていこうとした。

「はる、待ちねえ。そやつら、ここが女男松の親分の家だってことを知らないのかえ」

「野州訛《やしゅうなま》りが混じっておりますからね。関八州《かんはっしゅう》を流れる半端やくざと食い詰め浪人じゃありませんか」

「まあ、子を背負ったはるが出ることもあるまい。おれが退屈しのぎにおっ母さんの啖呵を間近に聞きにいこう」

宗五郎が立ち上がった。

日中の初夏の陽気が縁側にそこはかと残り、宗五郎は縞《しま》の袷《あわせ》の着流しのなりで店に出た。

「おっ母、なんぞお客様からご注文か」

宗五郎がどことなく野暮ったい口調でおかねに問うた。

暗くなりかけた店の小上がりに陣取った三人組の一人のやくざ者が蕎麦ちょこを手

におかねに迫っていた。

二人の浪人は素知らぬ顔で茶碗酒を飲んでいた。

そんな様子が灯《とも》したばかりの行灯《あんどん》の明かりに見えた。

宗五郎は三人の風体を確かめた。

蕎麦ちょこの男は髷をいつ結い直したか、いつ風呂に入ったか、見当もつかないほどの薄汚れた顔付で無精髭《ぶしょうひげ》が尖《とが》った顎《あご》に汚く生えていた。着古した袷から汗臭い臭《にお》いが漂い、荒《すさ》んだ暮らしを想像させた。

一方、空の徳利を何本も転がした卓を前に二人の浪人者の頭髪は伸び放題で一人など髷を藁で結んでいた。商売道具の大小は塗りの剝げた朱と黒鞘だ。

「ああ、金座裏の」

と言いかけたおかねが宗五郎の顔色を読んで、

「いえね、おまえさん、うちの蕎麦汁に蠅が紛れていたというんだよ。長いこと蕎麦屋商売しているけど一度だってそんな間違いをしでかしたことはないよ」

「五月蠅《うるせ》え、婆あ！」

とやくざ者が叫ぶと同時におかねの手が蕎麦ちょこを持つ手を下から叩き上げ、汁が相手の顔にかかった。

「やい、てめえら、ここをどこか承知で因縁を付けてやがるのか。在所を渡り歩く半端者に脅されて、ごめんなさいと詫《わ》びるおかねじゃねえぞ！」

「なにっ、この婆あ、おれの面に蕎麦汁をかけたな」

「おまえの薄汚い面にうちの蕎麦汁はもったいないよ。てめえの懐に酒を飲む金もないことくらい、とっくの昔から見当を付けていたんだ。黙って、おかみさん、持ち合わせがないと、この次なんとかするからと大人しく詫びれば、このご時世だ、致し方もないかと考えないじゃなかったが、やい、てめえ、おめえが最前厠《かわや》に立った折、蠅を捕まえてきて蕎麦ちょこに入れたのをこのおかねが見逃すわけもねえや！」

「抜かしたな、もう我慢ならねえ。蕎麦屋の一軒や二軒、叩き壊すのはわけはねえ。その上で火付けしてやろうか」

「おうおう、お里が知れたね。そんな田舎やくざの脅しじゃ、板橋宿では一文だって強請《ゆす》りとれないよ」

　とおかねが言い切った。

「許せねえ」

　やくざ者が手近にあった行灯を手にしようとした。

　宗五郎が箸立てを摑《つか》むとやくざ者に、

「発止！」

と投げ付けた。それが見事に額に当たり、よろけた相手が土間に尻餅《しりもち》をついた。が、直ぐに起き上がったやくざ者が額に手をやり、

「ああっ、おれの額が割れた。もう許せるもんじゃねえ、先生方、この蕎麦屋、叩き潰すぜ！」

と叫ぶと仲間の浪人の一人が、

「谷八《やはち》、叩き潰してどうなるものでもあるまい。男の面体を割った詫びの印だ、五両や十両、強請りとれ」

と投げ遣りの口調で唆《そその》かした。

それが最初からの企《くわだ》てだった。

「よおし」

谷八と呼ばれたやくざ者が長脇差《わきざし》を摑んだ。

「二人して叩き斬るぞ」

と鞘《さや》を払って構えた。

「お客人、騒ぎ立てるんじゃありませんよ。おめえさん方、この家の稼業がなにか分からずに入ってきなさったね。板橋宿で女男松の親分、と呼ばれた銀蔵の家ですよ。

御用聞きの家で強請りたかりを働こうとはいい度胸だ」

宗五郎の諭《さと》すような言葉を聞いた二人の浪人の腰が浮いた。

「ついでに聞かせてやろうか。てめえら、野州界隈《かいわい》をうろつくやくざ者はこのお方がだれか知るまいな。江戸は千代田の城近く、金座裏に一家を構える金流しの九代目宗五郎親分さんだ。いいか、三代将軍家光様以来のお許しの、天下御免の金流しの十手の親分さんなんだよ！」

とおかねが追い打ちをかけた。

「なんだって、金座裏の御用聞きが板橋宿にいるんだ」

「うちの死んだ亭主とは兄弟分の仲なんだよ」

おかねの言葉を聞いた浪人者が刀を掴んで叫んだ。

「谷八、ぬかったな」

「どうする、先生方」

「金座裏だろうがなんだろうが一人だ、ひと暴れして銭箱をかっさらって逃げるぞ」

「合点だ」

浪人者二人が小上がりから飛び降りると擦り切れた草履を履き、腰に刀を差し戻すと柄《つか》に手をかけた。

「おめえさん方、逃げ出す機会も失ったね」

宗五郎が蕎麦屋の入口に人影が立ったのを顎でさした。

「親分、なんの騒ぎだ」

金座裏の手先、独楽鼠の亮吉が飛び込んできた。その後には仁左親分とその手先たちがいた。

「蕎麦汁に蠅を落とし込んで強請りを働こうとして、おかねさんに見破られた間抜けな連中だ、亮吉」

「てめえら、やるにことかいて女男松の親分の店を強請りの舞台に使いやがったか」

なりは小さいがむじな亭亮吉師匠を自認して、鎌倉河岸の豊島屋で捕り物の顚末《てんまつ》を講釈仕立てで語ってきた亮吉だ、声だけは通った。

出口を塞がれたと思った三人組は台所へ抜けて裏口から逃走しようと咄嗟《とっさ》に考えたか、三人が刀や長脇差を一斉に抜いて、振り回した。

「親分、あいよ」

最前から経過を見ていたはるが神棚に置かれていた金流しの十手を取ってきて宗五郎に差し出した。

「こやつら相手に、金流しは勿体《もったい》ないがねえ」

と言いながら一尺六寸の金流しの十手を三人の前に突き出した。

「斬《き》り倒せ！」

とばかりに浪人の一人が刀を宗五郎に叩きつけて台所へ走り込もうとした。だが、修羅場に慣れた宗五郎に逃げにかかった浪人の刃の動きなどお見通しで、玉鋼《たまはがね》に金を流した長十手が、
がつん
と振り下ろされた刃の平地《ひらじ》を叩くと、刀がくの字に折れ曲がった。

背後から亮吉や仁左らが躍りかかり、あっという間もなく三人組が土間に捩《ね》じ伏せられ、捕り縄をかけられた。

「金座裏の親分さん、汗を掻《か》かせてすまねえ」

と仁左が詫びた。

「汗を掻いたのはおめえの姑《しゅうとめ》だ。まだまだおかねさんの鉄火は健在だね。すきっとした啖呵だったぜ」

と宗五郎が笑った。

「仁左親分、こいつら、どうするね」

と亮吉が縄目を片手にお伺いを立てた。

「うちの連中と宿場役人のところまで連れていってくんな。あとの始末は宿場役人が心得ているよ」

「あいよ」

と応じた亮吉が、

「てめえら、これ以上世話を焼かせるんじゃねえぞ」

と立たせると蕎麦屋の店から通りへと出ていった。

「仁左親分、ご苦労だったね」

「およその事情は分かりましたぜ」

「そいつは有難い」

宗五郎は金流しの十手をぶら下げて居間に戻った。最前まで明るかった庭を闇《やみ》が支配していた。

おかねとはるがいそいそと酒を運んできた。蕎麦屋が商売だけに酒の燗《かん》などお手のものだ。

女たちも騒ぎでなんとなく興奮していた。

「お父っつあんがいたら、もうひと騒ぎあったね」

「はる、銀蔵は若い頃から派手なことが好きだったからね、大立ち廻りを演じていたよ」

　とおかねが娘に請け合った。そして、宗五郎に、

「親分さん、喉《のど》が渇いたろ、まあお一つ」

　と燗徳利を差し出した。

「銀蔵親分の代わりに受けようか」

　宗五郎がおかねから酌をしてもらい、仁左にははるが注《つ》いだ。

「仁左親分、おれと亮吉が厄介になるぜ」

　と宗五郎が改めて言うと盃《さかずき》の酒に口を付けた。

「たまには余所《よそ》様の酒もいいな、喉に染みわたる」

「最前の野郎どもには村醒《むらさ》めが似合いだが、うちの飲み料は上酒ですよ」

　とおかねが胸を張り、もう一つと燗徳利を差し出した。
　二、三杯飲んで落ち着いた仁左が、
「金座裏の親分、まさか板橋宿で地獄宿があんな商いをしていたなんて、見逃がしていたおれが恥ずかしい」

「お菊が売られる先はそれほどひどい食売旅籠《めしうりはたご》か」

「食売とは名ばかり、あんなところに身売りされたら、まだ大人の体になりきれない

娘なんて数年でぼろぼろだぜ」

中山道《なかせんどう》の一の宿場の板橋宿に給仕女の名目で食売女が許されたのは寛文《かんぶん》四年（一六六四）二月のことであったという。のちに延宝六年（一六七八）十一月に五街道を監督する道中奉行より給仕女取締の触れが出たことで、

「公認」

となった。

一、ただ今まである茶屋の外一切茶屋致させ申間敷《まじく》候《そうろう》
一、給仕女持参候茶屋の分は一軒に女二人より多く差置くべからず

元文二年（一七三七）九月、板橋宿の食売女は百五十人を数え、その旅籠屋は二十七軒に及んだという。そして、五街道の四宿《ししゅく》の食売女は、官許の吉原同然に見世を張り、絹物の衣装を纏《まと》ったりして客を呼んだ。

四宿の中でも板橋宿は旅人相手より近郷近在の男衆が客の大半ゆえに食売女、野卑にして下品と評判が立った。それでも道中奉行の管轄ゆえ、折に触れて手入れが入った。

「お菊が身売りする曖昧宿《あいまいやど》は、下板橋宿と下板橋村の境にございましてね、第六天社の裏側の百姓家だ。生垣に囲まれた広い敷地に母屋や納屋や土蔵が点在して、飯盛《めしもり》女もおくし、賭場《とば》も開かれるというやくざな地獄宿にございますよ。名目上の主は、仲宿の木賃宿を営んでいた百兵衛《ひゃくべえ》って土地の者です。ですが、百兵衛は三年も前から中《ちゅう》気《き》が因《もと》で足腰が立たず、百兵衛の鑑札を借り受けて実際にこの地獄宿を仕切っておるのは、上州の黒保根《くろほね》村の生まれという古狐《ふるぎつね》の参次《さんじ》って男でございまして、こいつの下に用心棒の浪人、渡世人が十数人徒食しておりますのさ」

「お菊はまたひどいところに身売りすることになったな」

「それについては女衒の正次郎《しょうじろう》ってやさ男が関わっておりまして、江戸の娘は垢《あか》ぬけているってんで、裏長屋で店賃《たなちん》を溜《た》めているような住人を探して、最初に親に飲み食いさせてわたりをつけ、段々と借金を拵えさせて、娘を安く身売りさせる手筈《てはず》を整えるのでございますよ」

「お菊の一家も女衒の正次郎にひっ掛かったか」

「亮吉さんが調べてきたことでございますが、どうやらそのようで」

と仁左が応じたところに三人組を宿場役人のところに連れていった女男松一家の手先と亮吉が賑やかに戻ってきた。

「おお、ご苦労だったな」

　と仁左が労った。

「仁左の親分、あやつらね、叩けばいくらだって埃《ほこり》が出るぜ」

　と亮吉が女男松一家の手先のように応じた。

「独楽鼠、いつからおめえは仁左親分の盃貰《もら》ったえ」

「あっ、いけねえ。つい張り切っちゃった」

　と亮吉が頭を掻き、

「うちの親分、お菊さんはあんなところに身売りしなくていいよね」

　と真剣な顔で聞いた。

「さあてな、こいつばかりは仁左親分の知恵を借りて、古狐の参次って野郎を白洲《しらす》の場に引き摺《ず》り出せるかどうかにかかってようぜ。亮吉、よくよく親分にお願い申すのだな」

「仁左親分、なんとか頼まあ。うちの長屋の娘があんな地獄宿に身売りするのを見逃したのではこの亮吉の面子《メンツ》にも関わるからよ」

　とぺこりと亮吉が頭を下げた。

「亮吉兄いは先代以来の付き合いだから、なんとか一肌脱がずばなるまい」

と応じた仁左が、

「金座裏の親分、今から四日前の夜のことだ、地獄宿の近くで悲鳴を聞いた者がいてね、翌朝、下流の葦原《あしはら》になりのいい旅人の亡骸《なきがら》が浮かんでいるのが見つかった。死因は刀でめった刺しにされて殺されたとみられる」

「参次の賭場の客かえ」

「そう睨んでいるんだがね、証拠がねえ」

「仁左、そいつをなんとか突破口にしたいもんだね」

と宗五郎が腕組みした。

この夜、金座裏の宗五郎と女男松の仁左の二人の親分の下、古狐の参次をお縄にする綿密な打ち合わせが夜遅くまで続けられた。

そして、その翌朝、仁左親分の若い手先が、北町奉行所小田切直年《おだぎりなおとし》の内与力《うちよりき》嘉門與《かもんよ》八郎《はちろう》に宛《あ》てた宗五郎の手紙を持って板橋宿を発《た》っていった。

段どりを終えた宗五郎は、亮吉を連れて石神井《しゃくじい》川の一本北側に流れる支流に魚釣りにいった。

菅笠《すげがさ》を被《かぶ》った宗五郎が釣り糸を垂れていると亮吉が、

「親分、こんな呑気《のんき》なことでいいのか」

なかった。

とか、

「お菊さんがよ、地獄宿に連れ込まれたら、一巻の終わりだぜ」

とかぼやいて宗五郎に腰を上げさせようとしたが、宗五郎が釣り糸を上げる様子はなかった。

三

夕暮れ前、ようやく宗五郎は釣り糸を上げた。半日の釣りで小鮒《こぶな》など七、八匹を釣ったがすべて針から外すと流れに戻した。

「親分、釣った魚をのがす馬鹿はいないぜ」

「おや、世間じゃあ、釣りあげた魚をどうするんだ」

「そりゃ、うちに持って帰ってよ、竹ぐしに刺して火で炙《あぶ》ってよ、そいつを天日でさぼしたりして甘辛く煮てご飯の菜にしたりするんだよ」

「つまらねえ」

亮吉が口を尖らせて説明すると宗五郎があっさりと言い返した。

「亮吉、釣りの楽しみは魚との駆け引きだ。竿《さお》のしなりと釣り糸を通してな、魚と話すのが好きなんだよ」

「魚と話すだって、そんなことができるものか」

「若いうちは端《はな》っからなんでも決め付けちまってよ、ほんとうの面白みを見失っているんだよ。おれの歳《とし》になってみな。なんだかんだと小鳥も魚もおれたち人間に喋《しゃべ》りかけているってことが分かるのさ」

「そんな馬鹿な」

「亮吉、おめえがおれの歳になったら分かるかねえ」

宗五郎は釣果《ちょうか》をすべて流れに返したのだ。

釣竿を二本束ねて肩に担いだ亮吉を従えた宗五郎は着流しに菅笠をかぶったなりで戸田の渡しの方角へ足を向けた。

「どこへ行くんだよ、親分」

「一々煩《うるさ》いよ、亮吉。先に女男松の家に戻るか」

「居候《いそうろう》だもの、一人で帰ってもすることもねえや」

二人は中山道を戸田の渡しに向かうと左側に寄合席《よりあいせき》五千四百五十石の近藤石見守《いわみのかみ》家の長塀が続いて、板橋上宿の真ん中辺、この界隈の人が岩の坂上と呼ぶ場所に大木戸が見えてきた。

日本橋からちょうど二里半（十キロ）の距離にあたった。

見附《みつけ》が城門を意味するように大木戸は江戸城下への出入口であった。ゆえに五街道の入口にはそれぞれ東海道の高輪《たかなわ》大木戸、甲州道中の四谷《よつや》大木戸などがあり、街道の左右に石垣が築かれて高札場《こうさつば》もあった。なんぞ異変があれば大木戸役人が人馬の検問にあたったが、普段は時分どきともなれば、旅人たちが提灯《ちょうちん》を点《つ》けたり消したりする目印でしかなかった。

それでも前田家を始め、三十家の大名行列が通過する大木戸だ。なかなかの威容を備えていた。

刻限が刻限だ。戸田の渡し場から江戸に入る旅人が大木戸を抜けて、ほっと安堵《あんど》の吐息を吐いたり、足を休めて、

「もう日本橋は間近ですよ」

などと連れを励ましたりしていた。

宗五郎は大木戸をそぞろ歩いて人の往来や伝馬《てんま》問屋の賑わいを覗いたりして、近藤家の表門まで行くと岩の坂上から前野村辺りの暮色を眺め、

「亮吉よ、金座裏とだいぶ様子が違うな」

と当たり前のことを口にした。

「親分、心配になってきたぜ」

「なにが心配だ」

「親分、政次若親分としほさんが金座裏に入ってよ、一気に老けたんじゃねえか。まだ老ける歳でもねえぜ」

「政次としほに子が出来れば、おれとおみつは爺様婆様と呼ばれる身だ。老けたっておかしくはあるめえ」

「親分、金流しの親分って一朝一夕になるものか。いくら政次若親分が賢いたって、おれと同じまだ二十過ぎの若造だぜ。まだまだ金流しの大看板を継ぐには経験が足りまい」

「そうだろうな」

「そうだろうなって頼りがねえな。そうだよ、まだ五年や十年みっちりと親分の下で親分修業が要ろうというもんじゃねえか。おれたち、手先も若親分の修業をそれなりに手伝うからよ、ここは一番、褌《ふんどし》を締め直してさ、親分の後見が大事なんだよ」

「おうおう、そんな気持ちでいたか、ありがとうよ」

「やっぱりおかしいぜ。あちこちに穴が空いた紙風船だ、全く頼りにならないや」

と亮吉がぼやき、それには答えようともせず宗五郎が、

「頃合いに腹が空《す》いた、戻ろうか」

と言い出した。

「おれ、なんだか、呆《ほう》けた隠居を守りしているような気になったぜ」

「そいつは気の毒に」

宗五郎と亮吉の二人は今そぞろ歩いてきた中山道を引き返した。すると大木戸付近は最前より急に人影が少なくなって濃い暮色が覆い、行灯の明かりが通りにぼんやりと落ちてそれが急に力を持ち始めていた。

宗五郎は釣りをしていた川に架かる土橋の手前で東に曲がった。

「親分、女男松の親分の家はまっすぐだぜ」

「亮吉、親分と呼ぶのはよしねえ」

「親分を止めてなんと呼ぶんだ」

「隠居でいいや」

「ほんとうに隠居になるのが望みか、親分」

「ほら、親分はよしねえと命じたろ」

そう言いながらも宗五郎は板橋宿で第六天社と呼ばれる、小さな社の背後に回り込んだ。するとその境内に接して生垣に囲まれた大きな百姓家があって、その長屋門に家紋入りの高張《たかはり》提灯が二つぶら下がっていた。家紋は珍しくも向かい狐だ。

「おや、こんなところにいかめしい明かりがあるぜ」

「お、親分、じゃねえ。隠居さん、ここは古狐の参次が仕切る賭場、お菊さんが売られてくる地獄宿だぜ」

と囁《ささや》いた亮吉は、

「はた」

と気付いた。

「親分、地獄宿を下調べにきなさったか」

と急に亮吉が張り切った。

「親分じゃねえ、隠居だ」

「合点だ、隠居さん」

宗五郎の腰が不意に曲がり、菅笠を脱ぐ手ももどかしげによろよろと長屋門を潜《くぐ》ると、
ふわっ
と左右から着流しの影が二人の前に立ち塞《ふさ》がった。

懐に匕首《あいくち》を飲んだような三下奴《さんしたやっこ》だ。

「てめえたちはなんだえ」

「わっしかねえ、金井窪《かないくぼ》村の中屋《なかや》作兵衛《さくべえ》にございますよ」

と宗五郎が応じた声は年寄りそのものの声だった。

「中屋だと、川越街道辺りを仕切る中屋か」

中山道一の宿は下板橋宿東光寺門前で川越街道と分岐した。その川越街道の南に広がる金井窪村の豪農が中屋作兵衛だ。

「とはいっても隠居にございますよ」

「隠居さん、釣りの帰りに立ち寄るところじゃねえぜ」

「う、うん、宿場の人がな、第六天社の裏に賭場が立っていると教えてくれたでね、わしも冥土《めいど》の土産《みやげ》にいちどくらい羽目を外したいと思うてよ」

ほう、と思いがけないことがあるもんだという態度を見せた三下奴が聞いた。

「隠居、銭はあるのか」

宗五郎の中屋作兵衛が懐から縞の財布を出してみせた。ずしりと重そうな財布を見た二つの影が頷き合った。

「下男はどうするな、隠居」

と釣り竿を肩に担いだ亮吉を一人が顎でしゃくった。

「歳をとったら小便が近い上に鳥目だ。下男の亮吉は杖代《つえ》わりだ、賭場に一緒に入れておくれ」

「賭場でよ、負けたからって小便たれるんじゃねえぜ、爺様」

「ああ、気をつけよう」

見張りの一人が亮吉に釣り竿を長屋門に置いていくように命じて亮吉もせいぜい在所の下男を真似《まね》て、まどろっこしくも釣り竿を立て掛け、

「倒れるといけねえ、倒しておこう」

ともそも呟きながら魚籠《びく》と一緒に長屋門の軒下に置いた。

「ご隠居、手を引きましょう」

「亮吉、頼みますよ」

と腰がくの字に曲がった宗五郎が片手を差し出し、見張りの男の案内に従った。生垣の中に二つの家が建っていた。

正面の二階屋はどうやら女郎をおいた地獄宿、そして、その右手にあるのが納屋で、その土間に古狐の参次の子分や用心棒が十人ほど詰めていた。

「賭場たらはどちらかね、兄さん」

「土蔵だ」

「お役人の手が入ることはあるめえな。わしはこれでもこの界隈じゃあ、名の知れた

中屋作兵衛だ」

「隠居、しかるべき筋には手はうってあるんだ。心おきなく勝負を楽しみねえ」

と土蔵の前に連れていった。

宗五郎は手にしていた菅笠を土蔵の石段横に投げると、

「笠を脱いだら頭がさぶいぞ」

と腰にぶら下げていた手拭《てぬぐ》いで頬《ほお》かぶりをして、

「これがええだ、たれぞに顔を見られてよ、中屋の隠居が博打《ばくち》をしていたなんて宿場じゅうに噂が流れるのは塩梅《あんばい》よくねえ」

と呟いた。

「隠居、それじゃ、まるで盗人《ぬすっと》だぜ」

「やめてくれないか、兄さん。わたしゃ、これでも中屋の隠居、ただ小便が近いだけの年寄りだ」

意味が分からないことを宗五郎が呟くと、

「隠居、賭場は初めてだな」

と案内してきた男が念を押した。

「初めてだ」

「五両ほど預かろうか」

「途方もねえことをぬかすでねえ。賭場に入るだけで五両もいるものか」

「駒札《こまふだ》に替える金子だよ」

「おおそうか」

宗五郎がもさもさと財布の中から小判を五枚摑み出し、三下奴が財布を覗き込んでまだ十両や十五両入っていることを確かめると、

「おれの尻についてくるんだぜ。賭場は暗いからよ、足元に気をつけな」

と親切にも宗五郎と無言の亮吉を胴元が陣取る土蔵の奥に連れ込んだ。土蔵の入口に銭箱を前に据えた古狐の参次の代貸《だいがし》がいて、三下奴が、

「代貸し」

と宗五郎が渡した五両を駒札に替えながら耳元で何事か囁いた。

亮吉は、

「カモが舞い込んだ」

とでも言ってやがるな、と魚臭くなった袷の袖《そで》を嗅《か》いでみた。

「隠居さん、こっちだ」

土蔵は入口の板の間の奥に二階への梯子段《はしごだん》があり、用心棒らが詰めている様子が

窺えた。

賭場は梯子段の奥で二十畳ほどのひろさか。板の間に白布がぴーんと張られた盆茣《ぼんご》蓙《ざ》があって天井から箱行灯が盆茣蓙の白布を眩《まぶ》しくも照らし付けていた。

江戸からの客と渡世人のようで二十数人が盆茣蓙を真ん中にして向き合うように並んで丁半博打に興じていた。

壺振《つぼふ》りは晒《さら》し布をきりりと巻いた兄さんだ。

「隠居、いいか、さっき預かった五両がこの駒札二十枚に変わった。一枚一分と思え。壺振りが丁目半目を揃えるからよ、隠居の好きな目を壺振りに言ってよ、好きなだけ駒札を賭《か》けるんだ。分かり易いだろう」

「半目でも丁目でもあたる方に駒札を賭ければいいね」

「そういうことだ」

「勝てばどうなる」

「勝てば賭けた駒札の倍返しで駒札が戻ってくる」

宗五郎は三下奴が説明したことを頭に叩き込むようにぼそぼそと呟いて、

「兄さん、席へ案内しておくれ。大勝ちしたら祝儀を弾むでな」

宗五郎の中屋作兵衛が壺振りとは対面する盆茣蓙の席に押し込まれた。

そのとき、壺振りが若い衆からきりりとした伊達《だて》風の髷に鼈甲《べっこう》の笄《こうがい》を差した鉄火な姐さんに代わった。

姐さんの場は最前の男の壺振りの対面、宗五郎の隣だった。

中年増《ちゅうどしま》のなかなかの艶《えん》な女だったが男たちの視線を惹《ひ》きつけて片袖を肩から抜くと抜いた袖を胸高に巻いた晒しにたくし込み、盆茣蓙の周りを静かに見回した。

なかなかの貫禄《かんろく》だった。女が宗五郎の前で視線を止めると、

「ご隠居、賭場で頬かぶりは禁物ですよ。外しておくんなさいな」

と命じた。

「こりゃ、姐さん、田舎者で賭場の作法は知らないもんでよ、兄さんに無理を言った。申し訳ないことをした」

とあっさりと宗五郎が頬かぶりを脱いだ。すると女の壺振りが宗五郎の顔をじいっと見ていたが、

「この場より壺振り、才賀《さいが》のお一《いち》が勤めさせて頂きます。どちら様も宜《よろ》しゅうございますか」

と小粋に念を押すと年季の入った壺に二つのさいころを投げ入れて虚空で数度振ると白い手をくるりと回し、

発止！

と盆茣蓙に置いた。

虚空から叩きつけられたにも拘《かか》わらず壺はぴくりとも動かない。片手で壺を軽く抑えたお一がぐるりと盆茣蓙を見回し、

「どちら様も丁半、お賭けなすって下さいまし」

と願った。

盆茣蓙の布の上を駒札が滑る音がして、丁目半目に駒札が賭けられた。それを確かめていた才賀のお一が、

「丁に賭けるお方はございませんか」

と未だ駒札を賭けていない宗五郎を見た。

「あ、姐さん、丁にのった」

と宗五郎が勢いで二十枚の駒札全部を差し出した。

「ご隠居、素人《しろうと》にしては度胸がようございますな」

と艶然と笑った才賀のお一が、

「丁半、駒が揃いました」

と宣告すると壺をさあっと振り上げた。さいころは、

「二六の丁にございます」

宗五郎の中屋作兵衛の駒札が一気に倍になった。

「ご隠居、素人は怖いとはこのことです」

と笑ったお一が次の勝負に表情を引き締めた。

およそ一刻、宗五郎は勝ったり負けたりしたが、それでも駒札は六十数枚残っていた。

「姐さん、そろそろ小便がしとうなった」

宗五郎が六十数枚の駒札をそっくり丁目にかけた。宗五郎の大胆な賭け方に触発されたか、賭場が沸き立ち、熱気を帯びた。

盆茣蓙の上に何百両分の駒札が張られた。

ふうっ
と息を吐いた才賀のお一がきりりと表情を引き締め、神経を集中させた。すると白い肌にうっすらと汗が光っているのが見えた。

宗五郎はこの勝負にも勝った。

ここで壺振りのお一が男の壺振りと代わった。お一が立つふりをして宗五郎の方に身を寄せ、囁いた。

「ご隠居、潮時ですよ」

宗五郎は亮吉に助けられてよろよろと立ち上がった。

百三十数枚の駒札を金に換えると三十両余りになった。

宗五郎と亮吉は蔵から長屋門まで最前の若い三下奴に導かれて、門前に戻った。

「兄さんのお陰で稼がせてもらったよ」

宗五郎は小判を一枚三下奴の手に握らせた。

「お一姐御《あねご》の言葉じゃねえが素人はこわいぜ。いいか、帰り道に気をつけな」

「ご親切にありがとうよ、兄さん」

亮吉に手を引かれた宗五郎はよろよろと表通りに向かったが、第六天社の境内に亮吉を連れ込むと暗がりにしゃがみ込んだ。

その直後、草履の音がばたばたと響いて、

「爺、どこに行きやがった。素人に賭場を荒されて堪《たま》るものか」

「懐の財布ごと奪い返せ」

「爺と下男はどうする」

「いいか、しくじりは許しちゃあならねえ、先生方。一気に刺し殺して騒がれないようにしろだとよ。この前の客のように死骸《しがい》は荒川まで運んで魚に始末させろと親分の厳しい命だ」

「相分《あいわ》かった」

「財布は最初に懐から抜くんだぜ」

などと言いながら表通りに走っていった。

「馬鹿野郎が」

「全くだ。親分の惚《ぼ》けぶりはほんもののよいよい爺だぜ」

と親分と手先が声もなく笑い合った。

四

翌日、乗蓮寺前の二八蕎麦屋の離れ屋で日向《ひなた》ぼっこする宗五郎の下に二度ほど江戸から使いがきて、手紙を届けた。ふんふんと鼻先で応《こた》えながら読んだ宗五郎は手紙を懐に突っ込み、亮吉が手紙の内容を知りたいような顔をしたが見せようとはしなかった。そこで亮吉が、

「親分よ、お菊さんが身売りされてくる日だぜ。なにか手立てがついたか」

と聞くと、

「そうか、お菊が苦界に身を落とす日だったか」

となんとも頼りない返答をして煙管《キセル》に刻みを詰め始めた。
「親分、煙草《タバコ》なんぞ吹かしている場合じゃねえと思うがね」
「釣りにいくかえ、亮吉」
「釣りだなんてふざけちゃいけないぜ、親分。釣った魚をその場で逃すような釣りなんぞ、おれは行きたくないよ」
と亮吉がぷんぷん怒って離れ屋から姿を消した。
「亮吉め、まだまだ辛抱が足りねえな」
と笑った宗五郎が煙草に火をつけて、
ぷかりぷかり
と吹かし始めた。すると鶯《うぐいす》が庭先の梅の枝に飛んできて、
ホーホケキョ
と鳴いた。
宗五郎が動き出したのは夕暮れ前の刻限だ。昨日の着古した袷の着流しとは異なり、絹物の小袖に渋い紬《つむぎ》の袖なし羽織を着込んで、亮吉に長物を包んだ風呂敷を持たせた。
それを手にした亮吉が、
「おっ」

と喜びの声を上げた。

「はる、ちょいと出掛けてきますよ」

と店番のはるに言い残した宗五郎と亮吉は、仲宿にある女男松の一家の拠点の二八蕎麦屋から板橋宿を分かつ石神井川に架かる板橋へと向かい、橋を渡り切った途端、宗五郎の腰が、
すとん
と落ちて足の動きがよろよろとおぼつかなく変わっていた。

「まさか、二人だけで古狐の参次の賭場に乗り込もうって話じゃねえよな、親分」

「昨日はなかなかの稼ぎだったじゃないか。一度あることは二度あっても不思議ではなかろうと思うてな」

「冗談じゃねえぜ。あいつらが押し包んで斬り掛かってくるぜ」

「まさか賭場の客の前でそんな無法もしめえよ」

とロだけは伝法な調子で答えると、

「そろそろおれの手を引け」

と亮吉に宗五郎が震える手を差し出して、二人は絡み合うように第六天社の傍らの道へと曲がった。二人が昨夜の長屋門の前に辿《たど》りつくと、薄暗がりから姿を見せた馴

染みの三下奴が、

「お、おめえは」

と息を呑《の》んだ。

「兄さん、昨夜は大いに儲《もう》けさせてもらいました。今晩はお返しにきましたよ」

と中屋作兵衛の隠居のまどろっこしい口調に戻った宗五郎が言った。

「おめえ、また遊びにきただと」

「いけませんかえ、わたしゃ、さいころ賭博《とばく》が病みつきになりそうですよ。なんたって博打をやっている間、なぜか小便のことも忘れて時が過ぎる。頻尿《ひんにょう》には賭博が一番の薬だね、兄さん」

「抜かせ、小便たれ」

「兄さん、なにか言いましたかな」

「うるせえよ」

「ご案内を願いましょう」

「隠居、賭場銭は持ってきたんだろうな」

「昨夜に倍して懐にほれ、このとおり用意してきましたでな」

と中屋作兵衛の隠居がぽーんと懐を叩いた。

「よし、こっちに来ねえ」

三下奴が仲間に何事か耳打ちを残すと宗五郎と亮吉を土蔵へと案内していった。

「兄さん、昨夜くらい儲かったらさ、冥土の土産をもう一つ増やそうと思うのだが聞いて呉《く》れるかね」

「隠居、なにが望みだ」

「わたしゃ、もう色欲は消えたがね、最後に若い女郎さんに囲まれて一晩過ごしてみたいのだが、どうかのう」

「なにっ、女郎に囲まれて一晩過ごしたいってか。うちは若くて綺《き》麗《れい》な飯盛りが揃っているからよ、総揚げとなると銭がかかるぜ」

「わたしゃ、もう下のほうは役立たずでな、出来ることとなれば孫ほどの年のおぼこがいいな」

「そりゃ、高くつくぜ」

「どれほど仕度すればいいかのう」

「まず切餅《きりもち》二つは要るな」

「五十両ってか。なにもしないのに法外な遊び代じゃな」

「なにもしなくたって、おぼことひと晩過ごそうってんだ、五十は安いぜ。吉原に行ってみな、倍はふっかけられるぜ」

「そんなもんかな」

宗五郎が答えたところで三人は蔵の前に来ていた。

「代貸し、昨夜の中屋の隠居がまた遊びに来たぜ」

なにっ、と代貸しの傍らに控える兄貴分が懐に片手を突っ込みながら蔵の前に姿を見せた。すると昨夜とは一変して凝ったなりの隠居がにこにこと笑っていた。

「爺様、腰がひょろついている割におまえ様、足が速いな」

「なんのことかねえ、兄い」

と言いながら宗五郎が、

「まんず十両を駒札に替えてもらいましょうかな」

と用意した十両を兄貴分の前に差し出した。

「隠居、賭場に昨日と同じ風が吹いているとは限らないぜ」

「分かってますよ。朝《あした》に北風が吹くと思えば夕べには南風や東風に目まぐるしく変わるのが春の陽気だ」

駒札を懐に入れた宗五郎が亮吉に手を取られて賭場に入って行くと、今しもさいころを盆茣蓙から鮮やかに掬《すく》い取った才賀のお一姐さんの視線が宗五郎に釘付《くぎづ》けになり、一瞬驚きの表情を見せたが直ぐに勝負師の険しい顔に戻って、壺を盆茣蓙の上に叩きつけた。

一勝負終わった盆茣蓙の周りに緊張と弛緩《しかん》の空気が淡々と流れ、

「お客人、こちらに」

とお一が宗五郎を自分の傍らの席に呼び寄せた。

「どちらさんもまた遊ばせてもらいますよ」

と隠居の中屋作兵衛に化けた宗五郎が客に頭を下げて、よろめきながら、

「姐さん、また世話になりますでな」

と腰を下ろすとお一の顔が近付いて耳元に、

「金座裏の親分、二晩続けてお通いとは剣呑《けんのん》ですね、ただの酔狂とも思えないね」

と囁いた。

お一は宗五郎の正体を知っていたのだ。だが、宗五郎は平然として、

「はいはい、姐さん、昨日のおまえ様の壺振りにぞっこん魅せられましてな、また戻ってきましたよ」

と恍《とぼ》けた言葉を年寄りの大声で答えていた。

「いいかえ、参次親分は阿漕《あこぎ》な上に薄情だよ。昨日はうまく逃げ果《おお》せても今晩はどう

かねえ」

とお一がさらに小声で告げると不意に視線を土蔵の入口に向けた。

ぞろりとしたどてらを着込んだ初老の男が賭場に姿を見せた。すると賭場の常連客が、

「古狐の参次親分、自らお出ましとは珍しいな」

と話しかけた。だが、参次はそれには見向きもせず、宗五郎とは盆茣蓙を挟んで対面にそれまで座っていた客を足でどかしてどっかと腰を下ろした。

五十前か、細面《ほそおもて》の顔が狐に似てなくもない。尖った顎と細い両眼が性情の残酷さを示していた。狐顔が盆茣蓙の上に、

ひゅっ

と突き出されて言った。

「中屋の隠居は、もう三年も前にあの世に逝《い》ったというじゃねえか」

古狐の参次の言葉を聞き分けたのは宗五郎とお一だけだ。

「おや、そうかね」

「てめえはだれだ」

「あの世から戻ってきた中屋作兵衛ですよ」

宗五郎が受け流し、お一が盆茣蓙に転がったさいころを壺に拾い上げて、

「親分直々《じきじき》の景気づけにございます。どちら様もさいころの神様の下しおかれる運否《うんぷ》天賦《てんぷ》に賭けてお遊び下さいまし」

と宣告して、勝負が再開された。

この夜、宗五郎は駒札一枚だけを丁目に賭け続けて、大勝負を挑もうとする古狐の参次をいらつかせた。

勝負が再開されて四半刻もしたか、参次が宗五郎に、

「おまえ様、賭場馴れした男だねえ。どうだい、昨夜のように大胆に賭けて遊んでみねえか」

と挑発した。

「親分、夜は長いでね」

宗五郎が笑みを浮かべた顔で応じ、

「今晩は天から啓示が降りてこないだよ」

ととぼけると相変わらず駒札一枚を丁目に賭けた。

宗五郎は駒札一枚でしか遊ばない割には十数枚勝ちを得ていた。

くそっ！

と罵《ののし》り声を上げた古狐の参次がきいっと宗五郎を睨んだとき、子分の一人が参次の傍らに両膝をついて耳元に囁いた。

「親分、女衒の正次郎が江戸の娘を連れてきましたぜ、どれもうちの客の好みだ」

その言葉を聞いた亮吉の体にぴくりと緊張と不安が走った。

「よし、今行く」

と言った参次が素知らぬ顔で駒札を揃える宗五郎に、

「どこぞの隠居、おれが戻ってくるまで賭場を離れるんじゃねえぜ」

「親分、わっしと差しの勝負がしたいかね」

「言いやがったな、待ってろ」

と言い残した参次がどてらの裾《すそ》を翻《ひるがえ》して盆茣蓙を離れた。

「ならばわっしも親分が戻ってくるまでお休みだ」

とだれにともなく呟いた宗五郎が、

「姐さん、潮時だ」

と才賀のお一が昨夜宗五郎に洩《も》らした言葉をお返しした。その意味をしばし考えていたお一が小さく頷き、

「代貸しさん、ちょいと代わって下さいな」

と男の壺振りと代わることを申し出た。

板橋宿の地獄宿と仁左が称した古狐の参次の食売宿の玄関先に江戸から買われてきた三人の娘が怯《おび》えた顔で立っていた。そして、その傍らに女衒の正次郎が揉《も》み手《で》をして参次を迎えた。

「親分、此度の娘はどれも娘々したおぼこばかりでよ、好き者の客が喜ぼうじゃないか」

女衒の言葉を無視した参次は、子分に持たせた提灯の明かりで三人の娘の顔や体を念入りに確かめていった。

三番目の娘は顔を下に向けて参次の視線から逃れようとしたが参次がぐいっと細い顎を摑んで顔を明かりに向けさせた。

むじな長屋のお菊だった。

「女将、こやつらに湯を使わせて、綺麗なべべを着せな」

母屋の土間に控えていた女将が、

「おまえさん、今夜から早速稼がせるかえ」

「初夜がなんたって銭になるんだ」

と参次が怒鳴り、

「そんなことさせて堪るか」

と亮吉の声がした。

「なんだ、てめえは」

「親分、二晩続けて飛び込んできた隠居の下男だ」

と賭場から追いかけてきた兄貴分が叫んだ。

「下男だと、てめえら、薄汚れた耳をかっぽじって、とっくと聞きやがれ。華のお江戸は千代田の御城っ端、天下の通用金の小判を造る金座裏で公方様お許しの金流しの大看板を上げる九代目宗五郎の一の子分の亮吉様だ。奉行所のお白洲の上でてめえらの悪事を洗いざらい曝してみせるぜ!」

小柄な体には似合わない大音声《だいおんじょう》が響きわたり、怯えていたお菊が亮吉の声を聞いて、

「亮吉さん、どうしてこんなところにいるの」

「お菊ちゃん、おめえを苦界に身売りさせるものか。この独楽鼠の亮吉様が一人残らずふん縛ってやるから見てろよ」

素手を振り回して胸を張った。

「隠居の正体は江戸の岡《おか》っ引《ぴ》きか」

と古狐の参次が得心した顔で呟き、顎をしゃくった。すると子分たちが亮吉を取り巻いた。

「お菊ちゃん、今助けるからよ」

「亮吉さん」

亮吉が用心棒侍や子分達に囲まれて凄《すご》んでみせたが、なりが小さい上に多勢に無勢、旗色が悪かった。

「亮吉、だれが抜けがけしろと許した」

とそこへ土蔵の賭場から宗五郎がこちらも用心棒侍らに囲まれて姿を見せた。

「親分、お菊ちゃんのことを思うとよ、居ても立ってもいられなくてよ、土蔵を飛び出しちまったんだ」

「馬鹿野郎、手先が大事な十手を忘れて、無暗やたらに名乗りを上げる奴がいるか」

中屋作兵衛の隠居然としていた年寄りの仕草をかなぐり捨てた宗五郎は、亮吉が賭場に忘れていった風呂敷包みをぱらりと解くと、亮吉の短十手を亮吉に投げておいて、自らは金流しの長十手を構えた。

「古狐の参次、手先の亮吉が申し述べたとおり、おれが金座裏の宗五郎だ。公方様お許しの金流しを縄張り外に持ち出したについちゃあ、死んだ銀蔵親分とおれは兄弟分の誼《よしみ》があってのことだ。わざわざ金座裏から出張ってきたことを有難く思え」

「抜かしやがったな、江戸の岡っ引き二匹でなにができる。先生方、野郎ども、二人を斬り刻んで荒川に流してしまえ」

参次の命に衆を頼んだ用心棒侍や子分たちが刀を抜き、長脇差を振りかぶって二人に迫った。

「亮吉、おめえの役目はお菊ら三人の娘を守ることだぜ」

「合点承知の助だ！」

亮吉が機敏にも走り回って女衒の正次郎の腰に体当たりを食らわし、その場に突き転ばすと、

「お菊ちゃん、他の娘もおれの背に隠れていねえ」

と命じた。

二人の用心棒侍が大上段に振りかぶった刀を宗五郎に叩きつけてきた。

宗五郎は二本の刃の下に背を丸めて飛び込むと金流しの十手を左右に迅速に振るって二人の利き腕を殴り付けた。すると、
ぼきり
と骨が折れる音が不気味に響いて、二人がその場に転がった。

「相手は二人だ、押し包んで突き殺せ！」

と古狐の参次が命じたとき、長屋門の外から、

わあっ！

という声が上がり、御用提灯を翳《かざ》した捕り方の一団が地獄宿の庭先に突進してくると、その中から虚空に銀のなえしが投げられて、

がつん

と参次の額にあたり、その場に昏倒《こんとう》させた。

「北町奉行所与力牧野《まきの》勝五郎《かつごろう》様直々のお出張りだ。古狐の参次一味、神妙にしやがれ！」

と叫ぶ仁左親分の声が響いて、一味の者たちが浮足立った。

銀のなえしの紐《ひも》を引いて手に道具を取り戻した政次が、

「亮吉、お菊ちゃんらは大丈夫か」

「若親分、独楽鼠の亮吉が九代目宗五郎の供で板橋宿に乗り込んだんだ。案じるに及ばねえよ」

と誇らしげに応じて、手近な子分の頬げたを短十手で殴り付けて、

「野郎ども、神妙にしねえと亮吉様の十手が唸《うな》り声を上げて、てめえら一人残らず叩

きのめすぜ！」

と啖呵を切った。

江戸から出張ってきた牧野与力の指揮の下、最後の揉み合いを制したのは捕り方だった。

用心棒や手下たちに捕縄がかけられ、賭場の客が土蔵の中に閉じ込められて、調べを受けることになった。

そんな騒ぎが一段落ついたのは深夜九つ（午前零時）過ぎのことだった。

宗五郎は納屋の外にあった厠に行った。すると暗がりに才賀のお一が潜んでいて、

「金座裏の親分、ありがとうござんした」

「お一姐御かえ、相見《あいみ》互《たが》いだ。達者で暮らしねえ。江戸に出てくることがあったら、金座裏に寄るんだぜ」

「ほんとですか」

「冗談と坊主の髪は結ったことがねえ」

笑い声を残してお一が闇に溶け込んだ。

宗五郎が地獄宿の玄関先に戻ると亮吉が盆に握り飯と茶を載せて、未だ呆然《ぼうぜん》としたままのお菊らの下に運んできた。

握り飯は大捕り物に張り切ったおかねとはるが拵えた炊き出しだった。

「お菊ちゃん、もう安心しな。腹も減ったろう、板橋の親分さんのおかみさんが拵えた握り飯だ。こいつを食ってよ、元気を出しな」

「亮吉さん、私たち、どうなるの」

「わざわざ北町奉行所の与力牧野勝五郎様がよ、うちの親分と密なる連携をとられてお乗り出しなされたんだ。悪いようにはしねえよ、第一、この亮吉が目を光らせている以上、大船に乗ったつもりで安心しな」

と胸を張るのに政次が笑みを浮かべた顔で頷き、

「お菊ちゃん、ほかの娘さんも、仁左親分のおかみさんの心づくしを食べなさい」

と言い添えた。こっくりとお菊らが頷き、ぼろぼろと涙を流しながら握り飯を食べ始めた。

第五話　婿養子

一

旧暦三月の中旬は新暦四月の下旬に相当する。

千代田の御城を背景に鎌倉河岸《かまくらがし》に堂々と枝を差し伸べた八重桜に今年もぼってりとした花が満開に咲いた。

この一本の八重桜を見物に猪牙舟《ちょきぶね》や徒歩で鎌倉河岸にやってくる人もいて、鎌倉河岸は夕暮れになっても人が絶えなかった。中には城下がりの武家の一行がわざわざ鎌倉河岸に乗物を止めて見物していく光景もみられた。

「庄太《しょうた》、ほれ、提灯《ちょうちん》の綱を伸ばしてな、もう少し下げるのです。さすれば下から明かりがほのかにあたり、花が一段と艶《あで》やかになりましょう。そうそう、その辺です」

と豊島屋《としまや》の清蔵《せいぞう》が小僧の庄太を老桜に登らせて下から指図していた。

八重桜の太い枝にいくつか明かりを吊《つ》るして灯《とも》したために、八重桜の老樹が、

ぽおっ
と桜色に浮かび上がり、鎌倉河岸が一段と芝居の舞台みたいに明るく浮き上がった。

「庄太、ご苦労でしたね」

「旦那、登るには必死で這《は》い上がったが下りるのはちょっと怖いよ」

二人の会話を聞いていた八重桜に荷馬をつなぐ馬方《うまかた》が、

「よし、小僧さん、おれの肩に足をかけてよ、下りねえ」

と庄太を助け下ろした。

すとん
と最前まで御城本丸の大屋根にへばりついていた日輪が音を立てて沈むとさらに明かりが力を増して八重桜を大きな炎の花と変えた。

「旦那、奇麗だね」

庄太が自らの仕事ぶりに満足したように八重桜を眺め上げた。

「今年は明かりが入り、格別に鎌倉河岸に去り行く春に代わって夏の到来を艶やかに謳《うた》い上げておりますな」

という声がして金座《きんざ》裏《うら》の宗五郎《そうごろう》とおみつ、それに政次《せいじ》としほの若夫婦二代の夫婦が姿を見せた。

「九代目、桜は飛鳥山《あすかやま》だの墨堤《ぼくてい》だの声高に言う人がおりますが、私にとって桜の名所の一番はこの鎌倉河岸の八重の一本桜、八代吉宗様お手植えの姥桜《うばざくら》にございましてな」

と清蔵が自分の木のように自慢した。

しほはそおっと手を八重桜の幹に差し伸べると掌を当てた。

老桜の静かな息遣いが掌に伝わってくるようで、

(元気だわ)

とほっと安堵《あんど》した。

しほにとってこの老桜は守り神のような存在であった。哀《かな》しみにつけ、喜びにつけ、この桜の幹に掌を当てて無言の会話を繰り返し、願い事をしてきた。

樹齢八十余年の桜からどれほど勇気付けられ、慰められたことだろう。

今宵もしほは、

(政次さんとお陰さまで仲よく暮らしております)

と短くも胸の中でお礼を述べ、報告した。

「しほ、おっつけお客人も参られよう」

と政次に言葉を掛けられたしほは、掌を老桜の幹から離し、家族に向き直って、

「お待たせ致しました」

と笑みを返した。すると胸の中にほんのりとした温《ぬく》もりが広がっていった。

（家族とはこれほど心強く、頼もしいものか）

しほの正直な気持ちだった。

父の江富文之進《えとみぶんのしん》（村上田之助《むらかみたのすけ》）が非業《ひごう》の死を遂げて四年が過ぎ、その後、独り暮らしを続けてきた。それが金座裏の政次の嫁になって一気に舅姑《きゅうこ》が増えて四人家族になり、さらに大きな屋根の下には亮吉《りょうきち》ら大勢の若い衆が寝泊まりして賑《にぎ》やかだ。

「小うるさいどぶ鼠《ねずみ》は姿を見せておりませぬな」

と清蔵がなにかを期待したように宗五郎に言った。

「ちょいと立ち寄り先がございましてな、おっ付け騒がしく現れましょうぜ。おみつ、政次、しほ、一足先にお邪魔しておこうか」

と二組の金座裏の夫婦が鎌倉河岸の石畳を横切って、

「山なれば富士、白酒なれば豊島屋」

と江戸で知られた豊島屋に向かった。すると、

「おや、金座裏の九代目十代目夫婦の揃《そろ》い踏みか」

「金流しの親分さん、おかみさん、此度は祝言、おめでとうございましたね」

とあちらこちらから声がかかり、宗五郎らは声の主に言葉を返したり、会釈したりと慌ただしくも豊島屋の暖簾《のれん》を潜《くぐ》って敷居を跨《また》いだ。

天井の高い広土間に半分ほどの客がすでにいて、名物の田楽《でんがく》を肴《さかな》に下《くだ》り酒を楽しんでいた。

「親分、本日は上がり座敷は金座裏で貸し切りですよ。だれにも使わせません」

清蔵が馴染《なじ》みの板の間の入れ込みを差した。

広土間に接して細長く十畳ほどの板敷きだ。豊島屋ではこの板の間を上がり座敷と称しており、台所に近い端っこの上がりかまちが清蔵の定位置であった。

今宵は格別丁寧な掃除がされて、細長い上がり座敷の中央に高さ六寸ほどの卓が長々と並べられ、その周りには二十人ほど座れるように座布団がすでに敷いてあった。そして、上席には脇息《きょうそく》まで置かれてあった。

細長い卓上には船着場の老桜の小枝が大きな壺《つぼ》に活《い》けられて、豊島屋の店を一段と明るくしていた。

「ご苦労をかけましたな」

「なんのことがありましょう。うちと金座裏はしほさんを通じて言わば親類縁者の契《ちぎ》りを結んだわけでございましょう。なんの遠慮がいるものですか」

清蔵が応じたところに亮吉を先頭に金座裏のお手先《てさき》の面々が飛び込んできた。

「おっ、待ってました。むじな亭亮吉師匠！」

と今日は清蔵が珍しく亮吉を持ち上げた。

「おや、そちらにお控えなされしは豊島屋の大旦那とは名ばかり、ご隠居同然の清蔵様ではございませんか」

とちびの亮吉が胸を反《そ》らして悠然と応じた。

「ささっ、気取らずに板橋宿の捕り物の一部始終を語っておくれな」

「清蔵旦那、それはいいけどさ、いつもの講釈場は貸し切りのようだし、亮吉師匠の席はどこですね」

「まあ、どぶ鼠の師匠が座るくらいいいか」

と貸し切りの板の間に亮吉が上がることを許した清蔵が、

「親分方はささっ、土間の席について下さいな。亮吉の話なんぞ面白くもないでしょうが、此度の捕り物は板橋宿ゆえ、江戸にはかかわら版も出回りませんでね、九代目の活躍がどうだったか、分かりませんのさ」

といつものように捕り物の顛末《てんまつ》を亮吉に語らせようと場を設《しつら》えた。

宗五郎らが思い思いのところに座を占めて上がり座敷の講釈場を見上げた。

「これ、ちぼの庄太、喉《のど》を潤したいゆえ灘《なだ》の上水を持て」

と亮吉が気取った声を出すところに庄太が茶碗酒を静々と運んできた。

「ご苦労」

「いいかえ、今日はあんまり調子に乗るんじゃないよ、亮吉さん」

庄太が釘《くぎ》を刺した。

「ちえっ、小僧に注文を付けられちゃあ、大名人のむじな亭亮吉師匠もやりにくいぜ」

茶碗酒をきゅっと飲み干した亮吉がどこから探してきたか、軍扇《ぐんせん》のような古びた大扇を腰帯から取り出し、脇の卓の上を、
ぽんぽん、ぽぽんぽんぽん
と叩《たた》いて調子を付けた。

「時は享和元年の三月の半ば、江戸四宿の内板橋宿での大捕り物を金座裏のむじな亭亮吉師が一夜の読み切りと致します。どなた様も最後の最後までご静聴をお願い奉《たてまつ》ります」

「よう、どぶ鼠、しっかり語れ」

「うるさい、お喋《しゃべ》り駕籠《かご》屋、黙ってないと摘《つま》み出すぞ」

「おまえなんぞに摘み出される野郎がいるものか」

と繁三《しげぞう》のいつものまぜっ返しをかわした亮吉が、

「江戸市中、なんと武家地と寺社地が八割五分ほど占めておられるのを無学の駕籠屋なんぞは知るまいな。残り一割五分の土地に無慮五十余万のわれら貧乏人が住まいしておるのでございます。まあ、こちらの豊島屋さんに樽屋《たるや》様など幕府開闢《かいびゃく》以来の古《こ》町《まち》町人、角地町人は別格として繁三や梅吉《うめきち》など貧乏人は二万棟におよぶ裏長屋、それも大半が九尺《くしゃく》二間《にけん》にひしめき合って暮らしているのでございます、哀れなる哉《かな》、裏長屋暮らし」

「へん、おまえだってむじな長屋の生まれ育ちじゃねえか」

「煩《うるさ》い、お喋り駕籠屋、そんなこと百も承知だ」

　またひと騒ぎあって、亮吉が、

「楽しき哉、九尺二間」

　と読み継いで、また茶碗酒で喉を潤した。

「江戸の裏長屋暮らしは相見互《あいみたが》い、助けたり助けられたりする人情と義理の日々にございますが、ご時世じわりじわりと在所の凶作不景気の波がこの江戸にも忍び寄っておるのでございます。

さて、この鎌倉河岸近く、職人の家族が慎ましやかにも幸せに暮らしておりました。子供は二人、愛らしい姉と妹の四人暮らしにございました。魔の手がこの一家を襲ったのはつい最近のこと、親父《おやじ》が普請場の足場から落ちて腰を打ち、一家の大黒柱が寝込むことに相なりました」

「あっ、分かった。おめえが懸想《けそう》する」

と お喋り駕籠屋の繁三が名前を叫ぼうという口を大きな手がひょいと押さえた。彦《ひこ》四郎《しろう》がのっそりと入ってきて、繁三の口を塞《ふさ》いだのだ。

「亮吉が折角分からないように話しているんだ。その気持ち察しな」

と彦四郎が耳元で囁《ささや》いた。

「分かったか、繁三さん」

大きな手で押さえられた繁三ががくがくと頷《うなず》き、ようやく彦四郎が手を離した。

「お父っつあんの治療代、薬代を捻出《ねんしゅつ》するために姉娘はけなげにも苦界《くがい》に身を落とすことを考えたのでございます。そんな苦衷《くちゅう》をどこでどう知ったか、女衒《ぜげん》の正次郎《しょうじろう》という男が長屋に現れて、甘言を弄《ろう》してわずか十八両で身売りをする証文を書かせたのでございます」

「そんな馬鹿な話があるか」

とぼそりと呟《つぶや》いたのは無口の梅吉だ。

「梅吉さんよ、それが金座裏の縄張り内で起こったんだ。となるとこのむじな亭亮吉師匠が黙っているわけにはいかねえや。そこで軍師知恵者の亮吉は考えたねえ、こいつはおれだけでは駄目だ、なんとか金座裏の大親分の出番が要るとね。

ご静聴の皆様方もご存じのように金座裏には政次若親分にしほちゃんが嫁にきて、ここんところ、親分が破れた紙風船のようにどことなく腑《ふ》抜《ぬ》けていなさるのを、この亮吉は見逃してはいなかったんだ」

「やい、どぶ鼠、親分に向かってなんて言い草だ！」

といきなり怒鳴り始めたのは八百亀《やおかめ》だ。

「こら、八百亀、おめえも繁三と一緒になって講釈を真に受ける奴があるか」

と当の宗五郎が八百亀を宥《なだ》め、

「そうだよ、これは講釈だよ」

と言い訳した亮吉が、

「途中は端折《はしょ》るぜ」

と宣告して、

「宗五郎親分の命《めい》で板橋宿に先行したこの亮吉は、金座裏と兄弟分の仲の女男松《めおとのまつ》の仁《じん》左親分《ざ》の家に居候《いそうろう》を決め込み、江戸の娘が身売りする古狐《ふるぎつね》の参次《さんじ》って上州やくざがお上《かみ》の目を掻《か》い潜って食売宿《めしうり》と賭場《とば》を開く百姓家の出入りを探っていたのでございます。そして、親分も板橋宿に到着なさり、いよいよ親分が土地の隠居の中屋作兵衛《なかやさくべえ》、おれが下男に化けて賭場に潜り込み、様子を探った上で、江戸から娘たちが連れてこられる日を今か今かと待ち受けたのでございます。

余談ながら賭場の親分はなかなかの博打《ばくち》うち、一夜目は五両の元手が六倍になるという離れ業を見せられました。むろん、その帰り道、なにが起こるか推量を付けた上での勝ち逃げの策を演じられたのでございます」

「亮吉、なんぞ出ましたか」

「旦那、こっちは賭場に撒《ま》き餌《え》をしてきたんだ。用心棒侍と三下奴《さんしたやっこ》がおっとり刀でおれたちを追っかけてきましたよ。そんときにゃあ、おれと親分は、第六天社の境内の暗がりにしゃがみ込んでさ、やつらの言動に耳を傾けていたというわけだ。あやつら、おれたちを追っかけるのに必死で、数日前に賭場帰りの勝ち客を襲って殺し、賭場で勝ってふくらんだ財布を奪って亡骸《なきがら》を川の中に放《ほう》り込んだことを大声で自慢げに話していきやがった」

と普段の調子で告げた亮吉は、軍扇で卓を、

ぽんぽんぽん

と叩いて自らに景気を付けて、

「さあて、江戸から娘さん三人が女衒の正次郎に連れてこられ、古狐の参次は冷酷非情にもその夜から客を取ることを命じたのでございます」

「亮吉、そいつを黙って見ていたか」

「馬鹿野郎の繁三、おれがいてそんな無法を見逃がすものか。やい、古狐、てめえらの無体はお天道様とこの亮吉様が許さねえと叫んで十手《じって》を」

「突き出したか」

ふうっ

と亮吉が大きな溜息《ためいき》を吐《つ》き、手にしていた軍扇を下げると、

「それがよ、ちょいと慌てたもんで賭場に十手を忘れてきてよ」

「なんだと、手先が十手も手にせず無鉄砲に突っ込んだか」

「言うな、繁三」

「呆《あき》れた」

「あとから駆け付けた親分がさ、十手を投げてくれたから、そのあとはなんとか格好が付いたけどな」

「呆れた」

と清蔵が叫んだ。

「旦那、そう言わないでおくれよ。ともかくさ、そこへ政次若親分の案内で北町奉行所の与力牧野《まきの》勝五郎《かつごろう》様方がお出張りになり、仁左親分一家が御用提灯を翳《かざ》して捕り物に加わったからよ、大捕り物もあっけなく大団円よ」

「ちょっと待った。おめえは一体なにをしたんだ、亮吉」

「だからよ、親分と皆の露払いかね」

「大仰《おおぎょう》に言うから大活躍をしたかと思うたら、いつもの尻つぼまりで終わりか」

と清蔵もがっかりとした反応を見せた。

「清蔵旦那、捕り物といってもよ、いつもいつも派手な立ち回りばかりじゃねえよ。今度の眼目はよ、隠居然とした親分を探索の場に引き出すことにあったんだからな」

と亮吉が言い訳した。

「いや、亮吉の誘いにそんな深慮遠謀が隠されていたなんて考えもしなかったぜ。心配をかけてすまねえ」

と宗五郎が苦笑いして頭を下げ、

「いえ、親分、私どもも菊小僧《きくこぞう》を膝《ひざ》に抱いて縁側に日向《ひなた》ぼっこしている親分を見て心配しておりました。隠居然とした親分より颯爽《さっそう》と江戸の町を闊歩《かっぽ》していなさる親分が好きにございます」

　としほも言い出し、

「亮吉ならではの策だったな」

　と政次も笑った。

「そうか、皆の目にはおれが年老いたと映ったか」

「親分、それはいけませんよ。親分には政次さんを後見して、金流しの威光を当分悪党どもに見せつけて下さいよ」

　と清蔵が願ったとき、豊島屋の店に風が吹き抜けて戸口に女二人が現れた。

「お菊《きく》ちゃんとおっ母さんだ」

　と亮吉が叫んでいた。

　その声に母親のおまんと一緒に姿を見せたお菊が亮吉のところに走り寄ると亮吉に固い表情で頷き、宗五郎の前に土下座すると思いつめたような顔で見上げた。すると母親も従った。

「親分さん、此度は苦界に身を沈めることを覚悟致しました私を助けて頂いて有難うございました。それればかりか最前は亮吉さんにお父っつあんの治療代だと金子《きんす》まで届けて頂きました。親分さん、おかみ様、なんとお礼を申してよいか、お菊は言葉が見つかりません」

お菊は何度も土間に額を擦り付けた。娘の健気《けなげ》にも必死の行動に呆気《あっけ》にとられていた一同が見詰める中、宗五郎が、

「お菊、まず土下座を止《や》めてくんな。いいかえ、おれがお節介したのは賭場で思いがけない泡銭《あぶくぜに》を稼いで、使い道に困っていたからなんだ」

「そう、そうなんだ、お菊ちゃん。そんなに真剣に受け取ることないんだよ、ねえ、親分」

と亮吉も傍らから真剣な顔で言った。亮吉に頷き返した宗五郎が、

「こいつはおめえが家族のことを思い、自ら泥沼に身を沈めてお父っつあんの怪我《けが》を治そうとした孝行心に対しての、せめてものおれの気持ちだ。おめえの気持ちは分かったから、立ち上がってくんな」

と諭《さと》し、しほがお菊を、おみつがおまんの体を抱いて立ち上がらせた。

「亮吉、ぼおっとしてねえで、お菊とおっ母さんに席を作らねえか」

「お、お菊ちゃん、豊島屋は初めてか、この店の田楽の味は天下一品だ。あったけえ田楽を食べると辛《つら》いことや悲しいことが吹っ飛ぶぜ」

亮吉の言葉を半分まで聞いたところで庄太が台所に飛んで戻った。

「お菊さん、鎌倉河岸界隈《かいわい》に住んだのもなにかの縁だ。この一帯はね、この江戸の始まった時以来の町屋ですよ、どこよりも人情と義理に負けない土地柄なんです。お父っつあんの怪我をまず治すことだ、その間になんぞ困ることがあったら、このように金座裏の親分さんも付いていてなさるが、この豊島屋の清蔵もひと肌脱ぎますよ。女衒なんぞに相談を持ちかける前にさ、町内の人に胸の中の洗いざらいを吐き出すんですよ」

と清蔵が言い添え、戻ってきた庄太が、

「姉ちゃん、おっ母さんもうちの田楽を食べて元気を出しな」

と田楽を載せた皿と箸《はし》を差し出した。

「そう、豊島屋の旦那は見かけによらず人情家だ。いつもおれっちのツケを待ってくれるもんな。だから庄太、もう一杯」

と繁三が空の徳利を手で振って、

「それとこれとは別です。今晩はとくにちゃんと飲み代を請求しますよ」

と清蔵旦那に厳しくも釘を刺された。

二

赤坂田町《たまち》の直心影流《じきしんかげりゅう》神谷丈右衛門《かみやじょうえもん》道場に竹刀《しない》と竹刀が叩き合い弾《はじ》き合う、いつもの音が響いていた。その打ち合い稽古《けいこ》の間に、

びゅんびゅん

と重い得物《えもの》が空を鋭く切る音が加わっていた。

政次が銀のなえしを遣う音だ。

片腕に持たれた八角のなえしはなめし革に包まれた柄《つか》を含めて一尺七寸の長さがあった。

その昔、京の商人が江戸に進出する折、京の刀鍛冶《かじ》に道中の護身用に鍛造させたもので玉鋼《たまはがね》の上を銀が覆っていた。

江戸は新右衛門《しんえもん》町に店開きして成功を収めた京の商人、山科屋《やましなや》の当代が初売りの品物をごっそり船ごと盗まれた騒ぎが起こった。

そのとき、政次の迅速機敏な探索で荷はすべて取り戻した。山科屋では感謝の気持ちを込めて政次にこの先祖の道具を贈ったのだ。

今では金座裏の名物は、

「金流しの十手に銀のなえし」

　と対で呼ばれるようになっていた。

刀身より重いなえしも政次の手にかかると道場の空気を鋭く切り裂いて振られた。

政次が無心に没頭するにはいささか理由があった。

昨晩、おまん、お菊の母子が豊島屋に飛び込んできて、宗五郎に礼を述べた。そのあと、清蔵の好意の田楽に涙を流しながら食し、亮吉に見送られてむじな長屋に二人が戻っていった。

　豊島屋の店に漂っていた一場の緊張がゆっくりと解かれて、春の宵のような和《なご》んだ空気が漂い、

「さすがに親分だ、お菊の親父の治療代まで出したか。この次、おれが足を挫《くじ》いたときも頼まあ」

　とお喋り駕籠屋の繁三の口がまどろっこしく言ったものだ。酔っ払いの言葉を聞き流した政次が、

「親分、いささか遅くはございませんか」

　と宗五郎に問いかけた。

「おれもお菊を相手にしながら気にしていたんだ。おみつ、川越藩のお使いは確かに

今宵と申されたのだな」

とおみつに念を押した。

川越藩江戸屋敷の用人の使いが、

「今宵、鎌倉河岸にお邪魔したい」

と伝えてきたのは昨日の昼下がりのことだ。応対はおみつがした。

「たしかだよ、間違うものか」

おみつが答えたとき、豊島屋に新しい客が入ってきた。

金座裏の面々が振り向くと川越藩松平家《まつだいらけ》の家臣田崎九郎太《たざきくろうた》が険しい顔で立って、店の中を見回していた。

「田崎様」

と弟弟子にあたる政次が呼びかけると、おおっ、という表情を見せた田崎がつかつかと待ち受ける人々の前に歩み寄ってきた。

「親分、いささか異変が生じた」

「何事が出来《しゅったい》致しました」

「いや、屋敷を出立しようとした直前、殿が俄《にわ》かの腹痛に見舞われてな、お医師の診断を仰《あお》いだのだが他出は無理であろうということになり、それがしがかく駆け付けた次第にござる。殿も奥方も楽しみにしておられた鎌倉河岸の豊島屋の田楽と金座裏訪問であったが他日に改めて行いたい」

と口上を述べた。

「それは大変なことで。で、殿様のご容態はいかがにございますか」

「医師どのが投薬なされたで、それがしが屋敷を出るときにはだいぶ落ち着いておられた」

と応じる田崎の顔からは緊張が消えなかった。

そんなわけで松平直恒《なおつね》一行がお忍びで豊島屋を訪ねる企《くわだ》ては急に中止になり、宗五郎らも豊島屋で酒を飲むこともなく金座裏に引き返すことになった。

政次の胸に松平直恒の病が重くあった。ために懸念を振り払うように普段より熱心になえしの素振りを繰り返した。

政次がなえしの素振りを終えた頃合いを見計らった永塚《ながつか》小夜《さよ》が、

「若親分、稽古のお相手を願います」

と申し出た。

二人は久しぶりに半刻にわたり、丁々発止の打ち込み稽古を繰り返した。小夜はこのところ三島町の林《はやし》道場の道場主として忙しく、赤坂田町の神谷道場には三日に一度の割にしか出てこられなかった。

一方、十代目を継ぐ政次も御用が多忙で二人が神谷道場で顔を合わせたのは、いつ以来のことか。それだけに気の抜けない打ち込み稽古となった。

小夜は円流小太刀《えんりゅうこだち》を習得した女剣士、それが神谷道場で鍛えられて一段と凄《すご》みを増していた。

長身の政次と小柄な小夜の息も吐かせぬ攻防が終わったとき、二人は正座して顔を見合い、虚心に頭を下げ合った。

朝稽古を終えた政次が着替えを終えて神谷道場の門までくると小夜が待ち受けていて、

「若親分、今朝はいつにも増して厳しい攻めにございました」

と笑いかけ、普段とは異なる政次の服装《なり》に目を止めた。

「おや、これからどちらにお出かけですか」

「小夜様、ご一緒に戻りたいが今朝は川越藩江戸屋敷に立ち寄らねばなりません」

と昨夜の一件を簡単に身内同然の小夜に告げた。

「それはご心配にございましょう。松平様、大事ないとよいのですが」

二人は肩を並べて溜池《ためいけ》沿いに下り、川越藩江戸屋敷のある汐《しお》見《み》坂で別れた。

政次はしほが見立ててくれた縞《しま》の袷《あわせ》の上に羽織を着込んで道場に持参した銀のなえしを左腰の、羽織の下に差し込んでいた。

川越藩江戸屋敷の門は、大きく開かれて綺麗に掃除が終わっていた。

「ご門番、私は金座裏の宗五郎の名代にございます。ご家臣田崎九郎太様にお取り次ぎ願います」

と政次が丁重に申し出ると、

「金座裏の若親分でござったな」

と過日、しほとお礼に伺った折のことを覚えていた門番が直《す》ぐに玄関番の家臣に用件を伝えた。

政次が玄関前で待つ間もなく廊下を急ぎ足が近づいてきて、昨夜豊島屋で慌ただしく別れた兄弟子の田崎が姿を見せた。

「政次若親分、やはり見えられたか」

赤坂田町の神谷道場と川越藩江戸屋敷は同じ溜池の南に面しており、遠くない距離にあった。ために田崎も朝稽古に来た政次が立ち寄ると推量していたのであろう。

「田崎様、殿様のお加減いかがにございますか」

政次は声を潜めて問うた。

大名家の当主の健康はお家の一大事に関《かか》わることだ。奥だけに秘められたことかも知れなかった。そこで家臣の耳に伝わる愚を避けようと思ってのことだ。

「金座裏に心配をかけたな、もはや大丈夫じゃ。朝に粥《かゆ》を食されてな、もはや痛みもなくお顔の色も回復なされた」

田崎の顔には徹夜をした様子が見られたが、疲労を留《とど》めた顔にほっとした様子が垣《かい》間《ま》見えた。

「それはようございました」

と政次も田崎の返答に安堵した。

「お医師の話では胃酸過多で俄かの腹痛を生じたらしい。殿は痛みが去ったあと、何度も金座裏を訪ねられなかったのは残念至極と、もらされてな」

「鎌倉河岸の八重桜はまだ五、六日は咲いておりましょう。吉宗様お手植えの花が見られるうちに是非お出かけ下さいまし。殿様と奥方様のご来訪、金座裏一同心よりお待ちしております」

「若親分、しばし上がらぬか。殿のご機嫌を伺うで改めての招き、そなたの口から直《じか》に伝えよ」

「いえ、今朝はご遠慮申します。なにしろ養父の宗五郎は殿様のお体を案じておりますし、養母としほは本末明神田明神《かんだみょうじん》へお百度参りで出かけて殿様の腹痛回復を祈っております。この知らせ、一刻も早く金座裏に伝えとうございます」

「そうか、金座裏を案じさせて相すまなかった」

という田崎九郎太に会釈をした政次はゆっくりと門まで下がり、門前で袷の裾《すそ》をたくし上げると金座裏に向かって走り出した。


政次が金座裏に戻ったとき、家じゅうががらんとして人の気配がしなかった。なにか騒ぎが出来したか。それにしてもおみつやしほはどうしたものかと台所に行くと二人が膳を前に朝餉《あさげ》を食していた。

「このような刻限までお百度を踏んでおられましたか」

「政次、大変なことが起こったよ。鉄砲町の革足袋《かわたび》問屋の美濃屋《みのや》さんが一家心中をしたよ」

「えっ、美濃屋さんが」

政次は絶句した。

鉄砲町は、北は大伝馬《おおでんま》塩町、東は小伝馬町一丁目、南は大伝馬町一丁目、西は本石《ほんこく》町四丁目に接しての両側町だ。

鉄砲町の起こりは徳川家康が関東入部の後、御用鉄砲鍛冶頭の胝《たこ》宗八郎にこの地を与えたために鉄砲師の住む町内になったからだ。

享和の今では鉄砲師の胝家を始め、蠟《ろう》問屋、刷《は》毛《け》屋、表具屋、畳屋、明荷《あけに》屋、漆製法師など職人衆が住む町として知られていた。

革足袋問屋の美濃屋は胝一族に従って江戸に移り住んだ一家で、武士が戦場で履く革足袋を手作りしていた。だが、戦乱の時代はすでに遠くに去り、流鏑馬《やぶさめ》の武芸者などの注文を受けて、生計を立てていた。

政次は松坂屋《まつざかや》の手《て》代《だい》時代から美濃屋を知っていたが、内情までは知らなかった。

「たしか家族だけで革足袋を作っておられましたな」

「職人衆を雇ってやるほどの商売ではないからね。当代の夫婦と娘婿と娘の四人で細々と革足袋を作っていたよ」

「娘夫婦に子はおりましたか」

おみつが首を横に振った。

「大人四人が心中するとはよほどの事情があったのでございましょうね」

と感想を述べた政次が、

「私もこれから参ります」

「お待ち、宗五郎も出向いているよ。相手が死人となりゃあ、逃げ出す心配もないよ。政次、朝餉を食べておいで」

しほがおみつの言葉を聞いて政次の膳の仕度にかかった。

「それより松平の殿様の加減はどうだったえ」

「これはしくじった。おっ養母《か》さん、美濃屋の話で忘れていました。殿様はもう元気になられて朝餉に粥を食されたそうです」

と田崎九郎太から聞いた話をおみつとしほに聞かせた。

「お待ちどお様」

しほが膳を運んできて、

「今、おみおつけを温めますからね」

ありがとう、としほに答えた政次は、

「田崎様の徹夜疲れの顔に安堵の色がありました」

「大名家の棟梁《とうりよう》になんぞあると大変だからね。残念だが金座裏にお遊びにこられる話は当分沙汰《さた》やみだね」

「それがおっ養母さん、殿様も奥方様も直ぐにも参られたいご様子だそうで、私も鎌倉河岸の八重桜が咲いている内にどうかお遊びにとお誘いしておきました」

「おや、話はまだ生きていたかえ、殿様の快気祝いも兼ねて盛大に仕切り直しだ」

とおみつが張り切り、

「はい、おみおつけ」

としほが大根の千六本と油揚げの味噌汁を運んできて、三人だけの遅い朝餉が始まった。


政次は朝餉の後、おみつとしほに見送られて金座裏を出た。

美濃屋の一家心中の知らせが金座裏に入ったのは六つ半（午前七時）過ぎ、宗五郎ら男衆の朝餉が終わった刻限だったそうな。

政次が家を出たのは四つ半（午前十一時）を回った頃合いだった。一家心中だとすると検視が終われば亡骸は美濃屋の檀家寺に運ばれているかもしれないなと政次は思いながら鉄砲町の辻《つじ》に立った。

すると驚くべき光景が目に飛び込んできた。

革足袋問屋美濃屋のあった鉄砲町北側の一角が焼けて、まだ煙が立ち上っていた。

（心中した美濃屋一家は火付けまでしてのけたか）

あるいは、

（一家心中を偽装した押し込み強盗か）

などと考えながら町火消しや与力同心が屯《たむろ》する現場に足を踏み入れると、

「若親分、金座裏は、亡骸に従って浅草御蔵前通の西福寺《さいふくじ》に行っておるぞ」

と北町奉行所の与力牧野勝五郎が火事場仕度で声をかけてきた。

「牧野様、遅くなりまして申し訳ございません」

政次は詫《わ》びた。

「金座裏は九代目自ら一番で駆け付けてきておる。なんの差し障りがあるものか」

「一家心中と聞いてきましたが火付けとは想像も致しませんでした」

「覚悟の心中で醜い姿を晒《さら》したくなかったか、油まで撒《ま》いて火を付けて自死したようだな。なにしろ火の回りが早くてな、一時猛然とした炎が立ち昇り、この界隈は騒然となったが牢屋敷とは隣町だ。牢奉行石出帯刀《いしでたてわき》様配下が牢に火が入ってはならぬと、獅子奮迅の火消しに走り、また金座裏や町火消しが駆け付けてこれに加わって消火もまた早かった。美濃屋の両隣を焼いただけでなんとか大火にならずに済んだ」

「それはようございました」

「火元の美濃屋の焼け跡から刺し傷のある焼死体が四つ見つかった。油のせいで火勢が強く、黒こげに燃えて男か女か判別がつかぬほどだ。じゃが、美濃屋の主《あるじ》の源次郎《げんじろう》、つねよ、娘婿の誠吉朗《せいきちろう》と娘のおさくに間違いあるまい」

「また、一家が心中するほどの動機とはなんでございますな」

「まだそこまでは調べがついておらぬ。界隈の者に聞くと源次郎の体の調子がよくなかったようだ」

「源次郎はいくつでございました」

「当年とって五十一歳、つねよは四十六歳、誠吉朗は二十九歳、娘のおさくは三十一だ。商いもこのところろうまくいっておらぬというし、誠吉朗とおさくの夫婦には子はおらぬゆえ、先を悲観したかのう」

と牧野勝五郎は推測した。

「牧野様、美濃屋の焼け跡を見てようございますか」

「申したように亡骸は運び出しておる。それでよければ存分に見よ」

「ありがとうございます」

政次は鉄砲町の通りから美濃屋の焼け跡に足を踏み入れた。油に混じって材料の革や四人の体が焼けた臭《にお》いがなんとも強く漂って、鼻腔《びこう》に襲いきた。

政次は手拭《てぬぐ》いを出すと鼻に当てた。

美濃屋は間口三間半奥行七間ほどの表店《おもてだな》で、表は作業場、次に台所と居間、狭い庭を挟んで奥に二代の夫婦の寝間が並んでいた。

激しく燃えたのは台所と居間だ。

「若親分、臭いがすごいだろう」

と寺坂《てらさか》毅一郎《きいちろう》が煤《すす》けた顔で姿を見せた。

「おれが駆け付けたときにはよ、物凄い炎でどうにも手が付けられない。さすがの町火消しも延焼を防ぐのに精いっぱいよ」

「美濃屋の他に死人や怪我人はございませんか」

「これだけの火事でそれがないのがせめてもの救いだ」

「家康様に従って江戸に入った腕の立つ職人衆がなぜ死ななければならなかったのでございましょう」

「牧野様はなにか申されたか」

と寺坂は政次が牧野と話し込んでいたのを見ていたか、聞いた。

「主の源次郎の病と商いの不振と見ておられるようです」

「四人の人間が死ぬのに十分な理由のようでもあり、そうでもないような気もする」

「なんぞ心中の背後に隠されていると申されるので」

「四人も人が死んだ、われらが直ぐに考え付く理由かどうか」

寺坂は上役の推量を認めていない口ぶりだった。

「美濃屋は奉公人も雇わず手堅く手仕事を続けてきたのだ。先祖から貯め込んだ蓄財があってもおかしくないと近所の者がいい、商いが不振だとしても金子に困ったはずはないという者もいる。焼け跡の整理がつき次第、地面を掘り返してみようかと思う」

と寺坂が言った。

地中に石積みの蔵を作り、そこに金子や大事な書付を保管しておくのは古い江戸町人の心得の一つだった。

「死骸《しがい》に刺し傷が残っていますので」

うーむ、と頷いた寺坂は、

「娘婿の誠吉朗がてめえの道具の小刀で舅《しゅうと》、しゅうとめ、嫁の三人を次々に刺殺し、火を放《はな》って自ら小刀で胸を何度も刺して死んだ気配が見てとれた。誠吉朗と思える亡骸の手には誠吉朗の道具が持たれていたのだ」

「無理心中と申されるので」

「三人に抵抗の形跡がないところを見ると、一家四人で覚悟の心中かのう」

寺坂毅一郎もいま一つ判断が下せないようで、そう言った。

三

東光山良運院と号する西福寺は駿河《するが》国で開基された。それが家康の関東入国に従い、慶長三年（一五九八）に江戸の駿河台に移り、寛永十五年（一六三八）にさらに浅草南元町に移転した。

寺地は古跡拝領地で六千六百七坪におよび、千駄《せんだ》ヶ谷《や》村にも朱印百石を与えられている。

本尊は無量仏ではあるが徳川家との結びつきが深いことから別殿に家康、秀忠の画像、家康の持仏といわれる黒本尊が祀《まつ》ってあった。

また寛永十四年には家康の側室良雲院もこの寺に廟《びょう》を設けられた。

美濃屋は駿河から徳川家に従って江戸入りした経緯からか、この西福寺が菩提寺《ぼだいじ》であった。

政次が浅草御蔵前通、三番御米蔵の西側にある西福寺を訪ねたとき、寺の湯灌《ゆかん》場で黒こげになった四つの亡骸が棺桶《かんおけ》に納められようとしていた。湯灌をするといっても黒こげの亡骸だ、かたちばかり清めて帷子《かたびら》を着せ掛けたのだ。

「親分、遅くなりまして申し訳ございません」

と政次が宗五郎に詫びると、

「鉄砲町に立ち寄ってきたか」

と聞いてきた。

「はい」

と答えた政次は牧野勝五郎と寺坂毅一郎からおよその説明を受けたことと現場を見てきたことを告げた。

「おれも火事場をあれこれと見てきたが、こう短い刻限で黒こげに燃えた遺体は初めてだ」

「油が撒かれていたせいでしょうか」

「最近では革足袋ばかりではなく革を角々に使って補強した柳行李《やなぎごうり》なんぞを造っていたそうだから乾いた柳の枝が大量に仕事場にあってな、一気に燃え上がったようだ」

と宗五郎が新たな説明を政次に伝えた。

「亡骸の判別は付いたのでございますか」

「およそのところはな。棺桶には女と思《おぼ》しき遺体から先に納めた。残りは源次郎と誠吉朗だ」

鼻を手拭いで覆いながら政次は湯灌場に残された亡骸の二つを仔細《しさい》に点検した。

二つの亡骸はだいぶ体付きが異なり、誠吉朗と思える亡骸が一回り大きかった。

「若親分、誠吉朗の手には使い馴れた小刀が握られていてな、外そうとすると掌の燃えた肉がぺろりとはがれてきてよ、大変だったんだ」

と亮吉が政次に嘆いた。

誠吉朗の右手は未《いま》だ拳《こぶし》を固めて刃物を握りしめる恰好《かっこう》をしていて、骨がしろっぽく覗《のぞ》いていた。

政次は二つの亡骸を点検したあと、亮吉に、

「凶器になった道具はどこにあるんだ」

と聞いた。

亮吉は黙って頷くと湯灌場から離れた井戸端に転がる、焼け焦げた刃物のところに連れていった。

刃渡り六寸五分（約二十センチ）ほどか。片刃で黒こげになっても鋭利さを窺える道具の様子を示し、柄の部分には誠吉朗の掌の黒こげの肉の一部が付着していた。

「なにがあったか知らないが痛ましいな」

亮吉が政次に言うところへ宗五郎もやってきた。

「政次、なんぞ考えがあるか」

「一家心中となれば見送るだけでございましょう。それにしてもなぜ誠吉朗が仕事道具を振り翳して家族三人を殺《あや》め、自らも命を絶ったか、鉄砲町界隈で少し聞き込みをしたいと思います」

「よし、ならばこっちの弔《とむら》いはおれと八百亀が残る」

宗五郎が政次の申し出を受け入れた。

西福寺を出て政次に常丸《つねまる》、亮吉、それに若い波太郎《なみたろう》が従っていた。

ふうふう
と亮吉が陸に上がった金魚のように口を大きく開いて息を吸い込んでは吐き出した。

焼死体の放つ臭いは凄まじく肺の中まで犯されているようで亮吉の気持ちが政次らには分かった。それでも、

「兄さん、止めてくんな。臭いが漂うよ」

と波太郎が亮吉の行動を咎《とが》めた。言うな、と波太郎を怒鳴りつけた亮吉が、

「若親分は平気な顔をしているな」

と聞き返した。

「亮吉、私だって平気ではなかったさ。朝餉を戻しそうなのを火事場でも寺でも我慢していたんだよ」

「むごたらしい姿だったな。だれもがあちらに行くんだ。そう死に急ぐこともあるまいに」

　と亮吉がぼやき、

「この先の瓦町《かわら》裏におれの承知の酒屋があるんだが、お浄めをしていかないかえ、若親分」

　と願った。

「普段なら不謹慎なと言いてえが、おれもそんな気だ」

　と常丸まで言い出し、四人は亮吉の案内で銘酒屋と看板を上げた酒屋に向かった。

路地を入った銘酒屋の店頭で、

「番頭さん、ちょいとお浄めだ。茶碗酒と塩を急いで持ってきてくんな」

　と亮吉が叫んだ。

「おや、金座裏のご一行、昼間からお浄めをする御用にぶつかったか」

　と番頭が答えると土間に据えた四斗樽《しとだる》の栓を抜いて次々に茶碗に酒を満たしていった。

　馬方や駕籠かき相手の酒屋とみえて、なんとも手際がいい。そこへ小僧が小皿に盛り塩を持ってきて、四人の体を次々に清めてくれた。

「小僧さん、ありがとう」

と政次が礼を述べて、お浄め料だと一朱を渡した。

「番頭さん、若親分から一朱も貰《もら》っちゃった。私が頂戴《ちょうだい》していいのかい」

「しみったれのどぶ鼠とはさすがに違うな。お浄め料と渡されたものを店の売上ですと取り上げることもできませんよ。岩松《いわまつ》、若親分に礼を申したか」

と番頭がまず政次に酒を運んできた。

岩松がぺこりと政次に頭を下げ、

「頂戴します」

政次らは茶碗酒を思い思いに口を付けたり、一気に喉に流したりして四つの黒こげの亡骸の幻影を追い払った。

ふうっ
と亮吉が空の茶碗を手にもう一杯飲みたそうな顔で政次を見た。

「亮吉、私の飲み残しでよければ呑《の》んでおくれ」

「あれ、若親分は飲まなかったのか」

「お浄めです、口を付けましたよ」

「八分どおり残っていらあ、飲んでいいのか」

と言いながら亮吉が政次の飲み残しを干した。

「若親分、また来てね」

と小僧の岩松の声に見送られて政次らは浅草橋を渡り、鉄砲町の現場に戻っていった。


一刻後、政次らの姿は鉄砲町の美濃屋の西北、下白壁町にあった。

鉄砲町で聞き込みを始めてみると、革足袋問屋の美濃屋は堅実な暮らしと仕事ぶりで地味に江戸の町屋に馴染んできたことが分かった。

確かに商いは繁栄しているとはいえなかった。だが、それでも永年の贔屓《ひいき》の武家がいて、履き古した革足袋の修理などでなんとか一家四人の暮らしは立っていた筈《はず》だと町内の者は証言した。

「源次郎さんの胃弱はよ、今に始まったこっちゃないや。季節ごとに繰り返されるもんだ。病に悩んで一家心中なんてあるものか」

と主が病に悩んで先を悲観したという説も町内では否定された。それより、

「誠吉朗さんはよ、人柄もよし、町内の祭なんぞ縁の下の力持ちを買って地道に働いてくれたよ。職人としての腕だって悪くないや。道楽といえば下白壁町の将棋会所に

いって将棋をさすことくらいだ」

「将棋道楽ですか」

「床屋や縁台将棋と違い、なかなかの打ち手だそうだぜ。その腕前はおれたちの前で見せたことはないがね」

そんな証言を得て下白壁町の将棋会所を訪ねたところだ。

「こんなところに将棋会所があったんだ」

と茶碗酒で気分を直した亮吉が感心したのは西南に並行して走る鍛冶町との間の半間ほどの路地の入口に、

「将棋会所　佐々木勲堂《ささきくんどう》師」

と板看板がかかっていて、将棋会所は路地の中ほどにあった。

「ご免よ」

と亮吉ががたついた戸を開くと、外壁にそって細長い三和土《たたき》が五間ほど伸びて、その向こうの板敷に将棋盤が何基も並んでいたが客は三組だけだった。

天井の明かりとりと路地の格子《こうし》窓から光が差し込み、会所の中はほんのりと明るかった。

「どうれ」

と板の間の隅から白い髭《ひげ》を蓄えた年寄りが立ち上がった。継ぎのあたった袷の腰に塗りの剝《は》げた短刀を差したところを見ると、隠居した御家人《ごけにん》の道楽が高じて将棋会所を始めたものか、そんな感じだった。

「おや、金座裏のご一行様じゃねえか」

と将棋盤を前に片膝《ひざ》を立てて思案していた職人風の男が三和土の訪問者を振り向いて言った。

「なんだ、青物市場《やっちゃば》の吉公《よしこう》か」

「どぶ鼠に吉公だなんて気安く呼ばれたくねえや」

とお返しした吉公が、

「勲堂先生よ、金座裏の十代目だ」

と引き合わせた。

「吉次《よしじ》、承知だ」

と言った勲堂師が政次の前に来るとぴたりと座った。

「勲堂先生、お邪魔致します」

「なんですね、若親分」

佐々木勲堂らの表情から誠吉朗の悲劇は知らない様子が窺えた。

「こちらに通われている革足袋職人の誠吉朗さんについてお尋ねに上がりました」

「誠吉朗がどうかしたかえ」

　吉次が口を挟んだ。

「吉公、もはや誠吉朗には会えないぜ」

　と亮吉が応じた。

「どういうことだ、どぶ鼠」

「知らないようだな、今朝の大騒ぎ」

　亮吉が革足袋問屋美濃屋を襲った悲劇を手際よく告げた。

「なんと、誠吉朗どのがな」

　勲堂先生も吉次らも返す言葉を失ったようでしばし呆然としていた。

「一家三人を殺して自裁するなどそれほど思い詰めていた悩み事が胸中にあったか。二日前にも姿を見せたが、そのような様子はまるで見せなかったがのう」

「勲堂先生、誠吉朗の将棋の腕前はどれほどのものでしたか」

「うちはこれでも江戸の将棋会所の中で十指に入る力を持っておりましてな、その中でも美濃屋はうちの師範格の腕前です」

　と勲堂先生が壁に掛けられた名札を差した。

美濃屋誠吉朗は上位から四番目で、五段のところにあった。

「誠吉朗どのは革足袋職人で食い詰めても将棋指南で暮らしていけますな」

「それほどの腕前でしたか」

「じっくりとした長考型の将棋指しで私も三番に一番はやられました」

と勲堂が誠吉朗の将棋の棋風を語った。

「それにさ、金座裏の若親分、誠吉朗は時々剣術の稽古だってしているんだぜ」

「吉次、ほんとうか」

と勲堂が驚いた。

「おうさ、三島町の女先生のところによ、三月も前から通っているんだ」

「三島町の女先生だと、吉公。まさか永塚小夜先生の林道場じゃあるまいな」

「子持ちでよ、なかなかの美人先生だ。おれもよ、通おうかと思ったんだが、先生の教え方がびしびしと厳しいと聞いてな、諦《あきら》めた」

「それがいいぜ。おまえなんか相手にする先生じゃねえや」

「抜かせ」

「吉公、よおく聞けよ。小夜先生と金座裏は親類付き合いの仲だ。その上、この若先生とは、赤坂田町直心影流神谷丈右衛門道場の兄弟弟子なんだ。おまえなんぞが手を出そうものなら顔が南瓜《かぼちゃ》のようにでこぼこにされちまうぜ」

政次は吉公と亮吉の掛け合いが終わると、

「勲堂先生、誠吉朗は一家心中を主導するような人物にございますか」

と聞いた。しばし沈思した佐々木勲堂が、

「将棋指しというもの、何十手も先を読むのに長《た》けておりましてな、一時の感情に左右されて家族を殺したり、火付けをしたりはせぬものです。まして誠吉朗どのがそのようなことをなすとは正直佐々木勲堂、夢想も付かず言葉を失っております」

と答えたものだ。

政次らは下白壁町の佐々木勲堂の将棋会所を白壁町の通りに抜けると三島町の林道場に向かった。

「若親分、人間なんて胸の中でなにを考えているか分からないもんだな」

「亮吉、どうしてそう思う」

「だってそうじゃないか。誠吉朗には革足袋職人としての技量の他に将棋指しの腕があってよ、白髭先生はこちらのほうで十分に暮らしを立てることができたというじゃないか。なにも食い詰めたとか、舅の体がおかしいからって一家心中することもねえや」

「亮吉、人間思い詰めるとなにするか分からないぜ」

　と常丸が二人の会話に加わった。さらに波太郎が、

「亮吉兄いは間違っても思い詰めるなんてありませんよ」

「くそっ、波太郎にまで虚仮《こけ》にされたぜ」

「亮吉、誠吉朗の風采《ふうさい》はどんなか承知か」

「ああ、知っているよ、若親分。一見うらなりみていだが、職人だけに二の腕なんて太くてよ、顔立ちだって悪くねえ。それに比して家付き女房のほうは年も二つ上でよ、まあ、正直いって器量はよくねえな、それに愛想もなしだ」

「職人一家だからね、商人のように愛想はいるまい」

　と政次が答えたところで林道場の前に出ていた。道場から稽古の気配はなく、小太《こた》郎《ろう》の笑い声が響いていた。

「小夜様」

　と亮吉が小さな町道場の玄関先で声を掛けると、はい、と返事がして小夜が小太郎を腕に抱いて姿を見せた。

「あら、若親分方、いらっしゃいませ」

「小夜様、御用なんだ」

と亮吉が切り出した。

「御用って、この私に」

「いいえ、三月前から通う美濃屋誠吉朗についてお尋ねに上がりました」

政次が事情を告げた。

「そんなことが」

と絶句した小夜が、

「誠吉朗さんはうちの門弟の中でも異色の人でした」

「異色とはまたどういうことで」

「初心者でございましたが稽古熱心なのです」

ああ、分かったと大声を上げたのは亮吉だ。

「他の連中は小夜様目当てなんですね」

「さあ、それはどうでしょう。ともかく二、三度、打ち合うと直ぐに稽古を止めてお喋りばかりの面々でございます。林道場の大事なお客様ですから、文句も言えませんけど」

と苦笑いする小夜に政次が、

「熱心とはどのような熱心なのですか」

「最初見えられたとき、真剣での稽古をと願われました。ですから、私がそれは体が出来て基本の動きがなってからにしましょうと答えますと、そうですかとがっかりとした様子でした」

「真剣での稽古ですか」

なんのために真剣での稽古を願ったかと政次が考えていると小夜が、

「誠吉朗どのは右利きにございました。それを道場では左で竹刀を使って稽古をしておいででした」

亡骸も右手に小刀を握りしめていた。

「若親分、誠吉朗は左手で小刀を遣うために永塚小夜様の道場に通っていたのですかえ」

と常丸が言い出した。

「あるいは右利きを隠したいなにか理由があったか」

「そりゃ一体、なんだえ、若親分」

と亮吉が聞いたが政次はただ顔を横に振っただけだった。

四

美濃屋の娘婿誠吉朗の日常が金座裏の若親分の指揮の下、調べ直された。また美濃屋の内所が出入りの革屋などからおぼろに明らかになってきた。

一家心中の騒ぎがあった日から三日後の夕暮れ、金座裏に手先の面々が戻ってきて宗五郎親分にそれぞれの探索の結果を報告した。

まず常丸と広吉《こうきち》の二人組が誠吉朗の日課を皆の前で話し出した。

「親分、若親分、誠吉朗の一日はまるで判を押したように変わり映えがしねえや。明け六つに寝床から出ると鉄砲町と塩町の間の路地の掃き掃除をして、作業場を拭《ふ》き掃除する。六つ半には一家四人が揃って朝餉を食べて、五つの刻限ぴたりに舅の源次郎と一緒に作業場に座り、革足袋作りや修理を始める。最近では道中に使う小ぶりの柳行李などを作ることもあった。四つ（午前十時）に茶が出て、ひと休みし、そのとき、誠吉朗は路地に出て一服した。九つ（正午）まで仕事を続け、昼餉は一家で決まって煮込みうどんを食った。昼からも八つ半（午後三時）に中休みと称する一服をして七つ半（午後五時）に仕事を切り上げる。そのあと、仕事着を普段着に着かえて、佐々木勲堂の将棋会所に向かう。相手は三人、御家人の隠居の園部《そのべ》老人、旗本竹本様の用人五木右平《いつきうへい》様、それに書家の村崎総三郎《むらさきそうざぶろう》様と決まっていた。三人とも無口の上に実力が誠吉朗と伯仲していたことがあってのことだ。時に師匠の勲堂と指すこともあったが最近では滅多にないということだ。つねにこの三人が相手だ。会所に一刻から一刻半ほどいて、鉄砲町の家に戻り、台所で一人残っていた膳の前に座り、夕餉を取る。湯屋にいくのは冬場三日に一度、夏は毎日、会所に向かう前のことで烏《からす》の行水だ。最近では永塚小夜様の林道場に気晴らしと称して、七日に一度の割で通っていたようだが、この日は材料の革屋に行く日で、その合間に一刻ほど熱心に稽古をしていたらしい。これが誠吉朗の鉄砲町の暮らしだ」

常丸が手際よく報告した。

「嫁のおさくとの仲はどうだ」

「嫁とも養母とも格別仲がよかったとも悪かったともいう話はどこからも聞かれねえ。誠吉朗があの家で口を利くのは滅多になかったらしいや、婿の暮らしってあんなものかね、おれは嫌だ」

「まあ、おめえらには無理だろうな」

と笑った宗五郎がだれにともなく、

「誠吉朗が心を許す仲間というのはいないのか」

と尋ねた。すると稲荷《いなり》の正太《しょうた》が言い出した。

「親分、誠吉朗の在所は相模《さがみ》神奈川宿外れの貝の坂というところらしいや。ここから美濃屋に奉公に出てきたのが十五の時、以来十四年の間、美濃屋一筋、四年前に家付きのおさくと所帯を持った以外、変わり映えしない暮らしは常丸が親分に報告したとおりだ。貝の坂から江戸に出てきたとき、誠吉朗は一人じゃなかった、幼馴染《おさななじみ》の松之《まつの》助《すけ》と一緒に花のお江戸にやってきたんだが、松之助は深川横川辺りの船問屋の遠州屋《えんしゅうや》に奉公した。だが、松之助は二年もしないうちに船問屋を辞めて、無頼《ぶらい》者に落ちたとか。心を許した朋輩《ほうばい》がいるとしたら、この松之助一人だ。だが、親方の源次郎に松之助と会ってはならないと厳命されていたらしい」

「正太の兄い、その松之助だがな、この数年、関八州《かんはっしゅう》を流れ歩く暮らしをしていたが、半年も前に江戸に舞い戻ってきたようだ。誠吉朗と松之助が牢屋敷裏の入堀に架かる九道《くどう》橋で話しているのを見た棒手振《ぼてふ》りがいるんだ。むろん棒手振りは誠吉朗の面《つら》は知っていても松之助の顔は知らない。けどよ、誠吉朗が、松之助、それは無理だよ、とぼそぼそ答える言葉を聞いている」

「ほう、亮吉、おもしろい話だな」

「誠吉朗は松之助から金の無心でもされていたかね」

「親分」

と呼んだのは金座裏の番頭格の八百亀だ。

「誠吉朗が許されていた銭はせいぜい将棋会所に通う金くらいでよ、それすら時に窮することがあった。十五の時からの給金はすべて親方でもあり、舅でもある源次郎が預かっていてよ、誠吉朗は銭しか持たされていなかったようだな」

「そりゃ、松之助にいくら強請《ゆす》られたとしても無理な話だな」

と応じる宗五郎の目が鈍い光を放っていた。

「親分、美濃屋は先祖代々貯め込んだ金が二百両や三百両はある筈だと近所の人は言うんだがね、げすの勘ぐりかねえ」

と亮吉が言い、

「おれの考えだが喋っていいかね」

と断った。

「独楽《こま》鼠が頭を働かせたって、話してみねえ」

宗五郎が煙管《キセル》を摑《つか》んで煙草《タバコ》盆《ぼん》を雁首《がんくび》で引き寄せた。

「松之助の野郎が誠吉朗を焚《た》きつけて、美濃屋の金を狙《ねら》ったとしたらどうだ」

「松之助と誠吉朗が組んで家族三人を殺し、貯め込んだ金子を奪おうとしたというのか。焼かれた骸《むくろ》は四つだぜ」

「そこだ。松之助は最初から誠吉朗を仲間とは思ってなかったんだ。隠し金を奪ったら、誠吉朗も始末して火付けをして一家心中に見せかける、それが一家心中の真相だったんじゃないかね。おれらがいくら焼け跡を探しても美濃屋が先祖代々こつこつと貯めた小粒一枚出てこなかったぜ」

「となると松之助は今頃江戸を離れて、関八州に逃げ去っているか」

「あるいはよ、懐に小判を抱いて東海道をお伊勢参りかなにか、行ってねえか」

「一家四人を殺して火付けし、金を奪った下手人が伊勢参りだと」

だんご屋の三喜松《みきまつ》が亮吉の考えに異を唱えた。

「だんご屋の兄さん、伊勢参りたってあそこには女郎屋がたくさんあってよ、遊ぶところには事欠かないそうだぜ」

「どぶ鼠の考えそうなこった」

と三喜松が言い放った。

宗五郎の視線がそれまで沈黙を守ってきた政次に向けられた。

「だんご屋の兄さんの考えも尤《もっと》もですが、意外と亮吉の指摘は核心を突いているのではありませんか。この騒ぎ、調べれば調べるほど、なにか釈然としません。はっきりとなにがどうって言い切れないのですが、親方の病を気にしてとか、商いの先行きを案じて一家心中しただけではなさそうだ。もやっとした嫌な感じがするのです、未だ私たちが知らないことが隠されているような気がします」

政次の意見を聞いた宗五郎は煙管を手で弄《もてあそ》びながら沈思していたが、

「無駄かもしれねえが、もう少しこの一家心中、追ってみようか」

と探索の継続を宣告した。

「よし、おれはとことん松之助を追うぜ。親分、関八州を流れ歩いていた松之助だ、どこぞの代官所から手配書きが回ってきてないかね」

と亮吉が言い、

「明日にも寺坂毅一郎の旦那に相談してみよう」

と政次が請け合った。さらにその場で手先たちの明日からの探索の手順や方策が話し合われた。そこへおみつの、

「夕餉の仕度ができているよ」

という台所からの声がした。

「よし、明日からもう一度やり直しだ」

と宗五郎の声にぞろぞろと手先たちが居間から台所に姿を消し、

「おっ、酒が出ていらあ」

といら亮吉の喜びの声が聞こえてきた。

「政次、おめえはどうする」

「好きな将棋会所に通う金さえ苦労していた誠吉朗がなぜ永塚小夜様の林道場に弟子入りしたかですね」

「松之助と組んで、美濃屋の隠し金を奪い取ろうと考えた誠吉朗だが決して松之助を信用していたわけではないか」

「在所から出てきたときは二人して十四、五でございます。江戸の東も西も、奉公がどんなに辛いかも分からなかった。その時から茫々《ぼうぼう》十五年の歳月が経過しております、お互い昔の松之助、誠吉朗ではありますまい」

「いかにも」

「ちょっと後手に回ったかもしれませんが、もやっとした訝《いぶか》しさを追ってみます。それでようございますか、親分」

「この一件、政次の好きにやるがいいや」

と答えたところにおみつとしほが宗五郎と政次の膳を運んできた。

宗五郎の言葉を耳に挟んだか、

「おまえさん、また明日から菊小僧を膝に抱えて縁側で日向ぼっこかえ」

とおみつが笑った。

「それが似合いの歳《とし》になったということよ」

「親分、老け込むには早いと思うがね」

と八百亀が自分の膳を抱えて居間に戻って、しほが交代に台所に姿を消した。

「おや、おれと政次だけでは気詰まりと思うて仲間に加わってくれたか」

「若親分がよ、将棋会所なんぞに出入りするようになってもいけねえからね」

「違いねえ。だからさ、八百亀、おれなんぞはせっせと御用を勤めねえでな、銭も貯め込まないで、菊小僧のお守りに努めるのさ」

「それも困ったもんだぜ」

しほがそこへ燗《かん》をつけた徳利を運んできて、それを取り上げた八百亀が、

「親分、まあ一杯」

といつものやりとりが始まった。

金座裏の手先、下《した》っ引《ぴ》きらが江戸じゅうの盛り場や旅籠《はたご》に散って松之助の痕跡《こんせき》を追跡した。亮吉が考えたように無宿者の松之助には、関八州の二つの代官所から博打常

習人として手配が回っていた。

亮吉が政次に願ってまず松之助の痕跡を追い始めたのは、最初に江戸に出てきて奉公した深川菊川町の船問屋の遠州屋だった。

この探索行には政次と波太郎が同道した。

「ご免よ」

「おや、また金座裏の亮吉さんのご入来ですか。本日はまたなんですね」

「だからよ、十五年も前に奉公していた松之助のことだ」

「二年ばかり働いたと思ったら、ぷいっといなくなった男ですよ。今更うちに戻ってきますか」

「そうかね、ここんとこ江戸で野郎の姿が見かけられているんだ」

「松之助がなにをしでかしたというんです」

遠州屋の番頭は亮吉と会話しながら政次のことを気にしていた。

「おお、番頭さん、うちの若親分だ。金流しの十代目よ」

と亮吉が政次を紹介した。

「かわら版で若親分の働きぶりは承知していますよ」

「番頭さん、亮吉が邪魔をしております」

と詫びた政次が、

「松之助がなにをしたとはっきりしたわけではございません。ともかく今は松之助の行方《ゆくえ》を追っているところです」

と丁寧に答える。

「若親分、松之助がうちにいた十三年も前は天明年間のこと、この界隈の米屋や大店《おおだな》が打ち壊しに遭って大騒ぎした時分でした。松之助は、そんな騒ぎを見てなにか考えることがあったのか、うちから姿を消しましたんで。神奈川の在所の生まれです、この界隈に知り合いがあるわけではございません。本所入江町の煮売り酒屋にうちの出入りの船頭に連れていかれたのがきっかけとか、うちを飛び出した後、その煮売り酒屋でしばらく小僧をつとめていたようですよ。出入りの者の話ですがね、松之助が深川本所近辺に知り合いがいるとしたらそこくらいしかないと思いますよ」

「入江町の煮売り酒屋だって、なんて名前だ」

「亮吉さん、名前なんてあるものですか。入江町の裏路地にある酒屋ですよ」

「酒屋たってたくさんあるぜ」

「だから、名なしの煮売り酒屋なんですよ」

と番頭が亮吉の問いに面倒臭そうに答えた。

「番頭さん、松之助と一緒に江戸に出てきた幼馴染がいるんですが、その者のことを聞いたことがありませんか」

政次が聞いた。

「革足袋問屋に奉公した若い衆ですね。松之助がうちを辞めてからその人が訪ねてきましたよ、名はなんといったか」

「誠吉朗」

「そうだ、若親分、誠吉朗でしたよ。在所がおなじだとあれほど似るものですかね、体付きはよく似ておりましたが、気性がまるで違う。うちの松之助はまるで辛抱が足りませんでした」

「誠吉朗が訪ねてきたのはその一度だけですか」

「はい、若い衆は松之助が奉公をよしたと聞いて驚いていましたよ、その一度っきりです。見かけたのは」

「番頭さん、松之助の利き手はどちらでしたな」

「利き手ですって。あいつはね、うちに来たとき、読み書きができない。それで手代時分の私が読み書きを教え始めたんだが、筆は左でひどい字を書く。それを右利きに直そうとしましたが無理でしたよ。あやつ、死ぬまで左利きのままでしょうよ」

政次は誠吉朗の焼死体の右手に凶器の小刀が握られていたことを思い浮かべていた。

（あの右手はなにを物語るのか）

政次らは本所入江町に行き、店の名が格別ない煮売り酒屋を尋ねると直ぐに見つかった。たしかに名なしの煮売り酒屋でこの界隈では通っていた。

つるつるに禿《は》げた頭にねじり鉢巻きをした親方が、

「松のことだって、随分古い話を持ち込んだね、金座裏の若親分さんよ。うちに転がり込んでいたのは一月あったか二月あったか、短い間でよ、流れ者の客に従って江戸を離れたよ」

「以来、その者の姿を見かけませんか」

「見ないね」

と言い切った親方が、

「うちの客がさ、なんでも最近この界隈でうちにいた松之助が上方《かみがた》にいく船を捜しているとか、そんなことを喋っていったのはつい昨日のことだぜ」

おっ！

と亮吉が喜色をあらわにした。

「若親分、野郎の影をようやく摑まえたぜ」

「親方、その船頭さん、どこに行けば会えますかね」

「忠公《ちゅうこう》かえ、この界隈に船を止めてうちで毎日のように飲み食いしていく船頭さ、塒《ねぐら》がどこだか知らないや。うちで待つしかあるまいよ」

と親方が言った。

波太郎を金座裏に戻し、宗五郎に報告させると政次と亮吉は夕刻を待つことにした。

「若親分、あいつ、船で高飛びする気かね。関八州には地縁があっても上方に旅するとなると関所手形が要るもんな。無宿者じゃそんなものねえ、そこで昔奉公していた船問屋の知恵を思い出してよ、船に潜り込んでいくことを思いついたかね」

「ともかくこの界隈に潜んでいることが分かっただけでもよかった」

とだけ政次は答えていた。

松之助のことを話したという船頭忠公の朋輩が名なしの煮売り酒屋に来て、酒屋の親方から、

「忠公はどこにいる」

「横川に着けた船にいるよ」

政次と亮吉が出向くと荷船の掃除をしているのが忠公だった。

「忠さんよ、松之助と会ったって」

亮吉が身分を名乗って聞くと、

「会うも会わないも初めての野郎だ。上方まで乗せてくれる船を知らないかと聞かれたんだよ。おれは沖に泊まる帆船の荷を積んで荷揚げする船頭だからな、知っていると思ったんだろ」

「どう答えた」

「鉄砲洲の回船問屋の摂津屋《せっつや》を教えたよ、なんでもそんな噂《うわさ》がある店だからよ。そしたら、松之助が一分《ぶ》くれたんだ」

と忠三郎《ちゅうざぶろう》が腹がけから一分金を出して見せた。


政次と亮吉は鉄砲洲河岸の船小屋の軒下で夜を徹して見張りを続けた。

回船問屋の摂津屋では金座裏の若親分の訪《おとな》いに警戒して、松之助など知らないと首を縦に振らなかった。亮吉が摂津屋に迷惑がかからないようにすると、宥めたり脅したりしたが無駄だった。そこで政次が、

「番頭さん、一家四人が死んだ事件の探索だ。この店がお上の許しもなく時に弁才船《べざいせん》に人を乗せて上方に送り込むなんてことは此度にかぎり忘れましょう。それでどうですね」

と丁寧な口調で頼むと、ふうっ、と息を吐いた番頭がようやく話し始めた。

「若親分、たしかに松之助はうちを通して明日に摂津に向かう日之出丸に運び賃十五両の約束で乗船することが決まってます」

と認めた。

「すでに松之助は日之出丸に乗り組んでおりますので」

「いいえ、明朝七つに鉄砲洲河岸の船着場で私が日之出丸の船頭と松之助を引き合わせる手筈です」

「ならばその刻限に鉄砲洲河岸でお会いしましょうか、番頭さん」

晩春とはいえ夜半九つを超えると深々《しんしん》と冷えてきた。だが、政次も亮吉も無言の張り込みを続けた。

がたん
と摂津屋の通用口が開く音がして番頭が姿を見せた。そして、佃島《つくだじま》の沖合に泊まる弁才船から伝馬舟が漕ぎくる櫓《ろ》の音が鉄砲洲河岸に響いてきた。

「松之助の野郎、用心してやがるぜ」

と番頭があちらこちらに視線を巡らす様子を見ながら亮吉が言った。

そのとき、朝靄《あさもや》をついて三度笠に道中合羽《ガッパ》、右腰に長脇差《わきざし》を差し込んだ影が番頭に歩み寄っていった。

「亮吉」

「合点だ」

伝馬が船着場に迫った。すると人影が伝馬に向かおうとした。

「待ちねえ、松之助」

亮吉が声をかけた。すると人影がぎくりとして動きを止めた。

「鉄砲町の美濃屋一家殺しの下手人《げしゅにん》の嫌疑がおめえにはかかっているんだ、神妙にしねえ」

道中合羽がくるりと回り、左手で長脇差が引き抜かれ、亮吉の体を襲った。

政次が、

「亮吉、あぶない！」

と叫びながら小柄な体を突き飛ばし、銀のなえしを抜くと長脇差を弾いた。すると長脇差が相手の手から飛び、立ち竦《すく》む相手に銀のなえしが肩口を打ち据えた。

「慣れない左手で長脇差を抜くなんぞ考え過ぎたよ」

がくり
と相手が両膝を突き、地べたに転がっていた亮吉と顔を見合わせた。すると亮吉が、

「て、てめえは」

と絶句した。

その日の夕暮れ前、鎌倉河岸の豊島屋に茫然とした顔付きの亮吉が入ってきて、清蔵が鎮座する上がり座敷にどさりと腰を下ろした。まだ客はだれ一人としていなかった。

「おっ、亮吉、お手柄でしたな、聞きましたよ。一家心中四人殺しの下手人を若親分と二人してお縄にしたって話をね」

「旦那、えらい人違いさ」

「どういう意味だね」

「おれが下手人と思っていた松之助は殺されてすでに西福寺の墓の下だ。なんと自分の家族三人と幼馴染を殺した上に火付けして、金まで奪ったのは美濃屋の娘婿の誠吉朗だったよ」

「なんですって!」

「誠吉朗め、松之助に押し込みを持ちかけられたのを幸いに松之助を自分の身代わりに立てて、美濃屋の隠し金二百七十余両を懐に上方で出直す気だったそうだ。婿養子が嫌なら、おん出ればいいことだ。養父でもある親方一家三人に幼馴染松之助を殺して、下手人に仕立てるなんぞ、あくどいぜ。いくら将棋指しでもそう先へ先へと読んで一家心中なんぞ仕立てることはねえよ」

「なんということが」

と溜息を吐いた清蔵が、

「下手人を人違いしていなさったのは若親分もかえ」

ふうっ
と大きく肩で息をした亮吉が、

「それがよ、若親分は誠吉朗の仕業と考えていたんだってよ。松之助は左利き、長脇差も右の腰に差すような野郎だ。誠吉朗はそれを逆手にとって殺した松之助の右手に凶器の小刀を握らせて、いかにも誠吉朗でございとおれたちに思わせるように細工をしていたんだ。鉄砲洲河岸に現れたときも長脇差をわざわざ右腰に差し落として左手で抜きやがった。永塚小夜様はこんなことのために道場を開いているんじゃないよ。旦那、若親分は最初から見抜いてなさったのさ」

「それでこそ金座裏の十代目ですよ」

清蔵の得心した声ががらんとした豊島屋の店内に響いた。

本書はハルキ文庫（時代小説文庫）の書き下ろしです。

時代小説文庫
さ 8-28

隠《いん》居《きょ》宗《そう》五《ご》郎《ろう》 鎌倉《かまくら》河岸《がし》捕物控《とりものひかえ》〈十四《じゅうし》の巻《まき》〉

著者 佐伯《さえき》泰英《やすひで》

2009年5月18日第一刷発行

発行者 大杉明彦

発行所 株式会社 角川春樹事務所
〒101-0051 東京都千代田区神田神保町3-27 二葉第1ビル

電話 03(3263)5247[編集] 03(3263)5881[営業]

印刷・製本 中央精版印刷株式会社

フォーマット・デザイン&シンボルマーク 芦澤泰偉

ISBN978-4-7584-3410-2 C0193
http://www.kadokawaharuki.co.jp/[営業]
fanmail@kadokawaharuki.co.jp[編集] ご意見・ご感想をお寄せください。

時代小説文庫

佐伯泰英

古町《こまち》殺し

鎌倉河岸捕物控

書き下ろし

徳川家康・秀忠に付き従って江戸に移住してきた開幕以来の江戸町民、いわゆる古町町人が、幕府より招かれる「御能拝見」を前にして立て続けに殺された。自らも古町町人である金座裏の宗五郎をも襲う刺客の影！　将軍家御目見得格の彼らばかりが狙われるのは一体なぜなのか？　将軍家斉も臨席する御能拝見に合わせるかのごとき不穏な企みが見え隠れするのだが……。鎌倉河岸捕物控シリーズ第五弾。

佐伯泰英

引札屋おもん

鎌倉河岸捕物控

書き下ろし

「山なれば富士、白酒なれば豊島屋」とうたわれる江戸の老舗酒問屋の主・清蔵。店の宣伝に使う引札を新たにあつらえるべく立ち寄った引札屋で出会った女主人・おもんに心惹かれた清蔵はやがて……。鎌倉河岸を舞台に今日もまた、さまざまな人間模様が繰り広げられる——。金座裏の宗五郎親分のもと、政次、亮吉たち若き手先が江戸をところせましと駆け抜ける！　大好評書き下ろしシリーズ第六弾。

時代小説文庫

佐伯泰英

道場破り

鎌倉河岸捕物控

書き下ろし

赤坂田町の神谷道場に一人の訪問者があった。朝稽古中の金座裏の若親分・政次が対応にでると、そこには乳飲み子を背にした女武芸者の姿が……。永塚小夜と名乗る武芸者は道場破りを申し入れてきたのだ。木刀での勝負を受けた政次は、小夜を打ち破るも、赤子を連れた彼女の行動に疑念を抱いていた。やがて、江戸に不可解な道場破りが続くようになるが――。政次、亮吉、船頭の彦四郎らが今日も鎌倉河岸を奔る、書き下ろし好評シリーズ第九弾！

佐伯泰英

埋《うず》みの棘《とげ》

鎌倉河岸捕物控

書き下ろし

金座裏の政次は、ある日奉行所の内与力より呼び出しを受け、水戸藩の老中澤潟との関わりを尋ねられた。澤潟の名には覚えがなかったものの、政次と亮吉、彦四郎には、十一年前の藩士との出来事が思い出された……。一方、造園竹木問屋・丸籐の番頭が殺され、政次らはその事件を追うことになるが――。探索が難航し、苦悩する政次。そんな折、三人は謎の刺客に襲われる。十一年前の出来事が新たな火種を生んだのか。時代の渦に巻き込まれた政次たちの命運は!? 大好評シリーズ第十弾！